NAME: Justus Jonas
FUNKTION: Erster Detektiv
FRAGEZEICHENFARBE: weiß
BESONDERE MERKMALE: das Superhirn der drei ???; Meister der Analyse und Wortakrobatik; erstaunlich schneller Schwimmer; zu Hause auf dem Schrottplatz von Tante Mathilda und Onkel Titus; zupft beim Nachdenken an seiner Unterlippe
IST FAN VON: Tante Mathildas Kirschkuchen und Denksport aller Art

NAME: Peter Shaw
FUNKTION: Zweiter Detektiv
FRAGEZEICHENFARBE: blau
BESONDERE MERKMALE: für körperliche Herausforderungen immer zu haben, dafür kein Ass in der Schule; großer Tierfreund; Spezialist für Schlösser aller Art, die seinem Dietrichset einfach nicht standhalten können; neigt zu Vorsicht und Aberglauben
IST FAN VON: schnellen Autos (insbesondere seinem MG), der südkalifornischen Sonne, so ziemlich jeder Sportart

Die drei ???®

und der gestohlene Sieg

erzählt von Marco Sonnleitner

Kosmos

Umschlagillustration von Silvia Christoph, Berlin
Umschlaggestaltung von eStudio Calamar, Girona, auf der Grundlage der Gestaltung von Aiga Rasch (9. Juli 1941 – 24. Dezember 2009)

MIX
Papier aus verantwortungsvollen Quellen
FSC® C014138
FSC
www.fsc.org

Gedruckt auf chlorfrei gebleichtem Papier

Based on characters by Robert Arthur.

ISBN 978-3-440-12819-0
Redaktion: Anja Herre
Lektorat: Michael Kühlen
Grundlayout und Satz: DOPPELPUNKT, Stuttgart
Produktion: DOPPELPUNKT, Stuttgart
Printed in the Czech Republic/Imprimé en République tchèque

Die drei ???®
und der gestohlene Sieg

Wütende Raben	7
Ein dämlicher Löwe	15
Bluthunde	22
Lieblingsbärchen	29
Spinnen und Krähen	36
Adlernase	43
Geflügelte Affen	51
Ein Käfer leidet	58
Eine Bulldogge auf Irrwegen	66
Grinsekatze	73
Leseratten	79
Hungrige Läuse	85
Grillenhirn	93
Liebesschwäne?	99
Der böse Wolf	105
Bienenzimmer	112
Ein Frosch im Hals und jede Menge Kröten	123
Kein Papagei, sondern …?	128
Und was es sonst noch so im Zoo gibt	137

Wütende Raben

»Zweiundzwanzig Meter, was denkst du?« Peter zeigte mit seinem zusammengerollten Stadionheft hinunter auf den Platz. Dort legte sich eben die Spielerin der Rochester Ravens mit der Nummer acht den Ball für den Freistoß zurecht.

»Eher weniger«, meinte Bob. »Und die Acht hat wirklich einen mordslinken Hammer. Der Schuss ans Lattenkreuz vor ein paar Minuten war echt unglaublich.«

»Da hätte es schon vorbei sein können.« Peter sah auf seine Uhr. »Noch gut zehn Minuten. Wenn die Ravens jetzt noch eine Bude machen, ist Feierabend. Dann war's das für unsere Mädels. Ein 0 : 2 holen die nicht mehr auf.«

Der dritte Detektiv beobachtete, wie sich fünf Spielerinnen der Los Angeles Strikers knapp hinter der Strafraumgrenze zu einer Mauer formierten. »Aber mal ehrlich, Zweiter: Im Grunde sind sie mit einer knappen Niederlage doch gut bedient, oder? Dass die Ravens sie plattmachen, war ja eigentlich von Anfang an klar.«

Statt einer Antwort knurrte Peter nur. Aber natürlich musste er sich eingestehen, dass Bob recht hatte. Schon allein die Tatsache, dass es die Strikers bis ins Endspiel der Play-offs der W-League geschafft hatten, war eine Sensation. Nur wenige Jahre nach der Gründung des Vereins diesen Durchmarsch hinzulegen war aller Ehren wert. Doch gegen die hoch favorisierten Ravens hatten sie nie den Hauch einer Chance gehabt. Und daran hatte auch der Heimvorteil hier im eigenen Jack-Kemp-Stadion in Eagle Rock nichts geändert. Die Ravens hatten die Strikers in den bisherigen achtzig Minuten förmlich an die Wand gespielt und einzig der Torhüterin war es zu verdanken, dass es nur 0 : 1 stand.

»Für einen Linksfuß die optimale Freistoßposition«, sagte Bob, während die Spielerinnen auf den Pfiff der Schiedsrichterin warteten. »Mit dem Innenrist über die Mauer und dann von uns aus gesehen ins rechte obere Eck.«

Peter rutschte in seinem Sitz nach unten und zog sich seine Strikers-Kappe tiefer ins Gesicht. »Ich kann gar nicht hinsehen.«

In einem Tribünenbereich unterhalb der Anzeigentafel hatten sich die ganz in Schwarz gekleideten Ravens-Fans versammelt. An die dreihundert hatten den weiten Weg aus Rochester aus dem Bundesstaat New York nicht gescheut, um ihre Mannschaft zu unterstützen. Siegesgewiss schwenkten sie ihre Fahnen und schrien sich die Seele aus dem Leib. Die Anhänger der Strikers dagegen waren, obwohl klar in der Überzahl, kaum noch zu hören. Nur einige wenige feuerten ihre Spielerinnen noch an oder schwenkten die weißen Fähnchen, die am Einlass verteilt worden waren. Bob musste unwillkürlich an das Zeichen für Kapitulation denken. Die Torfrau dirigierte noch einmal lautstark ihre Vorderleute, dann gab die Schiedsrichterin den Ball frei und die Nummer acht lief an.

Für einige Sekunden hielt die Menge den Atem an. Die Kugel stieg in die Luft, sauste über die Köpfe der hochspringenden Strikers-Spielerinnen hinweg, beschrieb dabei eine weite Rechtskurve und raste dann auf die Mitte des Tores zu. Für einen Moment sah es so aus, als würde der Ball weit über die Latte hinwegfliegen. Doch wenige Meter vor dem Tor sackte das Leder plötzlich wie ein Stein nach unten, drehte sich noch weiter nach rechts und schlug unhaltbar im rechten oberen Winkel ein.

»Wahnsinn!«, hauchte Bob. Ein Stück weiter links rasteten die Ravens-Fans schier aus, während unten auf dem Rasen die Fußballerinnen jubelten und über ihre schussgewaltige Torschützin herfielen. Sogar die Ersatzspielerinnen waren aufs Feld gelaufen.

»Das war's. Ende Gelände.« Peter warf das Stadionheft auf den freien Nachbarsitz. »Aus der Traum.«

Die Torhüterin fischte den Ball aus dem Netz und drosch ihn wütend Richtung Mittellinie. Ihre Mitspielerinnen ließen die Köpfe hängen oder sahen sich ratlos an. Auch die Trainerin schien hoffnungslos. Sie klatschte zwar aufmunternd in die Hände, aber es wirkte eher halbherzig und mechanisch.

Peter nahm die Kappe ab und sah auf das Logo der Strikers: einen Ball auf grünem Rasen, rechts und links Flammen, darunter der Schriftzug. »Dann muss Just nicht auf uns warten.« Er lächelte gequält. »Wenigstens einer, den das Desaster hier freuen wird.«

Der Erste Detektiv war zwar mit nach Eagle Rock gekommen, aber nicht, um sich das Spiel anzusehen. »Es gibt dann doch Wichtigeres auf der Welt, als eine aufblasbare Lederkugel so lange über eine kurz gemähte Rasenfläche zu schieben, bis sie in einem Nylonnetz hängen bleibt«, war sein Kommentar zu dem Spiel gewesen. Er werde sich in der Zeit auf

dem Gelände des Occidental College umsehen, das eben nicht nur das Jack-Kemp-Stadion zu bieten habe, sondern auch die Location für so herausragende Filme wie »Pigskin Parade« oder »Horse Feathers« gewesen sei.
»Hast du eigentlich irgendwann schon mal was von diesen Streifen gehört, die Just da erwähnt hat?«, fragte Peter und setzte sich die Kappe verkehrt herum wieder auf. »Ich nicht. Sind wahrscheinlich so Schwarz-Weiß-Schinken aus der Steinzeit Hollywoods.«
Bob nickte. »Bei Justus' Geschmack ist das durchaus drin. Mir sagte nur der Name der Schauspielerin was, die laut Just in dem ersten Film mitgespielt hat. Judy Garland. Die hat, glaube ich, auch die Dorothy im Zauberer von –«
Peter richtete sich abrupt auf und zeigte nach unten zum Spielfeld. »Elfmeter! Bob! Wir bekommen einen Elfmeter!«
»Was?« Bob sah auf den Rasen. »Einen Elfer? Wieso? Was war denn?«
Der Zweite Detektiv zuckte die Schultern. »Nichts. Keine Ahnung. Ich habe zumindest nichts gesehen. Sydney hat von rechts in den Strafraum geflankt, der Ball wurde rausgeköpft und dann kam der Pfiff.«
»Hand? War es Hand?«
»Ich hab keinen Schimmer. Und die Ravens wissen es offenbar auch nicht. Sieh doch!«
Die Schiedsrichterin, die eben noch auf den Elfmeter-Punkt gezeigt hatte, wurde im nächsten Moment von einem Pulk aufgeregter Ravens-Spielerinnen bedrängt. Hände flogen, Köpfe wurden geschüttelt, eine Spielerin tippte sich an die Stirn und sah prompt die Rote Karte. Daraufhin wurde die

Aufregung noch größer, die Ravens-Fans pfiffen, der Trainer der Ravens winkte entnervt ab. Aber es änderte alles nichts, es gab Elfmeter. Rosanna May verwandelte sicher. 1 : 2.

»Wow!« Peter machte ein erstauntes Gesicht. »Ich wüsste wirklich gerne, was da eben los war.«

»Egal«, meinte Bob, »jedenfalls könnte es jetzt noch einmal spannend werden. Noch gut fünf Minuten und eine Frau mehr auf dem Platz.«

»Ich glaub nicht dran. Unsere Mädels sind platt und die anderen auch zu zehnt gut genug.«

Und Peter schien recht zu behalten. Die Strikers motivierten sich zwar noch einmal und insbesondere die Torfrau, an deren rechtem Oberarm der Zweite Detektiv die Binde der Mannschaftskapitänin entdeckte, redete jeder einzelnen ihrer Mitspielerinnen ins Gewissen. Aber nach ein paar kurzen, erfolglosen Vorstößen verebbte der Angriffselan wieder und die Strikers wurden erneut an den eigenen Strafraum zurückgedrängt. Sie wirkten müde und erschöpft. Man hatte den Eindruck, als sehnten sie den Abpfiff herbei.

»Noch eine Minute, dann hat das Elend ein Ende«, meinte Peter. »Noch 'ne Ecke für die Ravens. Ich tippe auf das 1 : 3.«

Diesmal war es Bob, der nur knurrte.

Der Ball segelte in den Strafraum. Die Neun der Ravens stieg hoch und köpfte ihn fast unbedrängt und mit großer Wucht Richtung Tor. Aber die Torhüterin brachte die Fingerspitzen noch an das Leder und lenkte es gegen die Latte. Die Kugel sprang in den Strafraum zurück, wo die Innenverteidigerin der Strikers sie aufnahm und nach vorn prügelte. Genau zu Hillary Decker ins rechte Mittelfeld. Und die sah

Sydney Jordan, die Stürmerin. Völlig frei stand sie im Anstoßkreis.

»Das ist die Konterchance!«, erkannte Bob sofort.

Peter sprang von seinem Stuhl auf. »Aus dem Abseits! Geh aus dem Abseits, Sydney!«, rief er. »Hinter die Mittellinie!«

Aber natürlich hörte ihn die Spielerin nicht. Und machte noch genau das, was sie nicht machen sollte. Sie sah, dass Hillary sie anspielen wollte, und rannte los.

»Nein!«, jaulte der Zweite Detektiv.

Dann kam der Pass. Genau getimt und exakt in Sydneys Lauf – die weit im Abseits stand.

»Verdammt!« Peter fiel wieder auf den Stuhl.

Keine der Ravens-Spielerinnen machte Anstalten, Sydney zu folgen. Die Linienrichterin hob die Fahne.

Aber es kam kein Pfiff. Die Schiedsrichterin pfiff nicht ab!

»Peter!« Bob rüttelte seinen Freund am Ärmel. »Sieh doch!«

Die beiden starrten auf das Spielfeld. Sydney rannte auf das Tor zu. Hinter ihr fuchtelten die Ravens mit den Armen und liefen der Schiedsrichterin hinterher, die ihrerseits Sydney folgte. Die Linienrichterin wedelte immer hektischer mit ihrem Fähnchen. Dann hatte Sydney den Strafraum erreicht. Jetzt erst konzentrierte sich die Torfrau der Ravens und ging ihr mit ausgebreiteten Armen entgegen. Aber Sydney narrte sie mit einer geschickten Körpertäuschung und schob den Ball über die Linie. 2 : 2. Ausgleich.

»Ist die … blind?« Peter konnte nicht fassen, was da eben passiert war. »Das war die Fehlentscheidung des Jahrhunderts! Das gibt's doch nicht!«

»Unglaublich!«, fand auch Bob.

Die Schiedsrichterin pfiff das Spiel erst gar nicht wieder an. Unten auf dem Rasen bedrängten die Ravens die Unparteiische erneut. Nur dem Trainer und der umsichtigen Kapitänin war es zu verdanken, dass nicht noch eine von ihnen vom Platz flog. Aber die Aufregung war enorm. Und die Fans kriegten sich gar nicht mehr ein, pfiffen und buhten, was das Zeug hielt, und riefen: »Schiebung! Schiebung!«
Doch natürlich änderte die Schiedsrichterin ihre Entscheidung nicht mehr und nach einer kurzen Pause ging es in die Verlängerung, in der es noch turbulenter wurde. Erst wurde den Ravens ein klares Tor aberkannt, und als sich die Spielführerin allem Anschein nach ruhig und höflich darüber beschwerte, wurde auch sie des Feldes verwiesen.
»Ich hab so was noch nie gesehen.« Peter war völlig baff.
»Ich glaube, so etwas hat noch niemand gesehen.« Bob machte große Augen. »Am Ende bleibt ja keiner mehr übrig!«
Die Strikers witterten Morgenluft. Sie waren jetzt noch deutlicher in der Überzahl. Ihre Trainerin wechselte eine frische Stürmerin ein und in den folgenden Minuten konnten die beiden Freunde beobachten, dass die Strikers allmählich die Oberhand gewannen. Die Ravens stemmten sich zwar wütend gegen die Angriffe, doch sie mussten jetzt viel mehr laufen und allmählich ging auch ihnen die Puste aus.
Dann kam die 119. Minute. Eine Minute trennte die beiden Teams noch vom Elfmeterschießen. Die Strikers fuhren einen letzten Angriff.
»Wow, wow, wow, wow!« Peter stand wieder auf und machte mit seiner Faust den Kreisel. »Das sieht gut aus, Bob!«

»Nach links, sie müssen raus nach links spielen!« Auch den dritten Detektiv hielt es jetzt nicht mehr auf seinem Sitz.
»Ja, durchgehen bis zur Grundlinie und dann reinpassen!«
»Machen sie, sie machen es!« Bob zeigte auf die Linksaußen der Strikers, die jetzt den Ball hatte.
»Super, und jetzt noch die Verteidigerin aussteigen lassen!« Peter ballte die Fäuste. »Ja, geschafft!«
Die Spielerin nahm den Kopf kurz hoch und orientierte sich. Dann passte sie zurück zur Strafraumgrenze.
»Da kommt Sydney! Die nimmt ihn aus vollem Lauf!« Bob hatte die Arme schon halb zum Torjubel erhoben.
»Keine Rücklage, keine Rücklage!« Peter kniff die Lippen zusammen und holte mit dem rechten Bein aus. »Und jetzt: bamm!« Er schoss genau in dem Moment, in dem Sydney die Kugel traf.
Der Ball sauste wie ein Strich durch den Strafraum, ging über die Ravens-Torfrau hinweg und knallte gegen die Unterkante der Latte.
»Nein!« Peter raufte sich die Haare.
Das Leder sprang von der Latte auf den Boden. Eine gute Handbreit vor der Linie. Im nächsten Moment hatte die Torhüterin den Ball unter sich begraben.
»Kein Tor!«, stöhnte Bob. »Mann, war das knapp!«
Plötzlich ertönte ein Pfiff. Die Schiedsrichterin hatte gepfiffen. Und nun zeigte sie zur Mittellinie. Tor. Sie hatte auf Tor entschieden.

Ein dämlicher Löwe

Justus dauerte das alles zu lang. Vier Uhr war ausgemacht gewesen, dann wollten Peter und Bob an der geschmacklosen Skulptur auf dem Platz vor dem Ausgang stehen, um sich dort mit ihm zu treffen. Aber sie waren nicht gekommen. Gar niemand war gekommen. Offenbar dauerte das Spiel noch und wer wusste, wie lange noch. Also hielt der Erste Detektiv auf den Eingang des Stadions zu. Jetzt würde er doch bestimmt keinen Eintritt mehr zahlen müssen, oder?

»Bisschen spät dran, hm?«, hatte der Ordner an dem vergitterten Einlass gemeint.

»Hab's nicht früher geschafft. Kann ich so rein?«

»Klar.« Der Mann öffnete das Tor. »Rein mit dir. Hast eh schon das Beste verpasst.«

Kann ich mir nicht vorstellen, dachte Justus, bedankte sich aber höflich bei dem Ordner.

Als der Erste Detektiv die Ränge betrat, war die Hölle los im Stadion. Weiße Fähnchen überall, alles schrie und jubelte, die Lautsprecher röhrten »We Are the Champions«. Unten auf dem Platz lagen sich die Spielerinnen in Weiß in den Armen und hüpften im Kreis, während die gegnerischen Akteurinnen auf dem Rasen lagen oder wie gelähmt herumstanden. Einige von ihnen redeten auch auf die Schiedsrichterin ein, die förmlich vor ihnen davonlief.

»Ist es vorbei?«, fragte Justus eine junge Frau, die ihm entgegenkam. Sie hatte ein schwarzes Trikot an.

Die Frau sah ihn erbost an. »Willst du mich verscheißern?«

»Äh, nein … ich, äh, meinte das Spiel. Ob es zu Ende ist?«
»Wonach sieht's denn aus, hä?« Sie schob ihn zur Seite.
Justus sah ihr verwirrt hinterher. Hatte er etwas Falsches gesagt? Jedenfalls schien das Spiel wirklich vorbei zu sein. Das da unten sah nicht nach einem Torjubel oder einer Pause aus. Das hieß für Justus, dass er schleunigst Peter und Bob finden musste, wenn sie sich nicht verfehlen wollten.
Aber die Sorge des Ersten Detektivs war unbegründet. Während er hektisch die Tribünen nach seinen Freunden absuchte, wurde ihm zunächst klar, dass die Weißen Los Angeles vertraten und offenbar gewonnen hatten. Und dann stellte er fest, dass auf dem Platz alles für eine Siegerehrung vorbereitet wurde. Eine Gruppe von Ordnern baute im Anstoßkreis eine Art Podest auf, einige Männer und Frauen in feinem Zwirn erschienen auf dem Platz, zwei junge Mädchen rollten ein Wägelchen mit einem Pokal auf den Rasen. Justus wusste genau, dass sich Peter und Bob diese Zeremonie nicht entgehen lassen würden, wenn »ihre« Mannschaft gewonnen hatte.
Als unten das Mikrofon getestet wurde – »Eins, zwei, eins, zwei, Test, Test« –, entdeckte er sie. Sie standen ein Stück rechts und oberhalb von ihm. Justus arbeitete sich zu ihnen durch.
»Pünktlichkeit ist die Tugend der Könige.«
Peter und Bob drehten sich um.
»Oh, hallo, Just!«
»Just! Was machst du denn hier?«
»An eurer Tugend arbeiten.«
»Was?« Peter und Bob waren gleichermaßen verdutzt.

»Wie gesagt, Pünktlichkeit ist die Tugend der Könige. Vier Uhr war ausgemacht, schon vergessen?«
»Oh, stimmt ja! Entschuldige, Erster!«, sagte Bob zerknirscht. »Sorry, aber wir haben überhaupt nicht mehr an dich gedacht.«
»Scheint mir auch so.«
»Just, das war der pure Wahnsinn! Wenn du mitbekommen hättest, was hier los war, hätten dich auch keine zehn Pferde aus dem Stadion bekommen.« Peter deutete aufs Spielfeld.
»Das bezweifle ich.« Justus sah nach unten. »Was war denn? Hat jemand versucht, das Fähnchen an der Ecke dort zu stehlen? Tat sich im Rasen ein Abgrund auf? Wollte man die Schiedsrichterin ermorden?« Der Erste Detektiv schmunzelte.
»Könnte noch passieren«, sagte Peter.
Justus zeigte sich überrascht. »Was könnte noch passieren?«
»Dass jemand die Schiedsrichterin ermordet.«
»Bitte?«
Aufgeregt und gestenreich berichteten Peter und Bob von den außergewöhnlichen Vorgängen, die sich unten auf dem Platz zugetragen hatten. Von den äußerst fragwürdigen und zum Teil falschen Entscheidungen der Schiedsrichterin, den Tumulten auf dem Platz, der Wut der Ravens. Justus, der währenddessen in einem Stadionheft geblättert hatte, das er neben Peters Sitz gefunden hatte, musste an die Frau im schwarzen Trikot denken.
»Also in Kurzform: Die Hikers, das sind die Weißen aus L. A. –«
»Strikers«, korrigierte ihn Bob.

»Die Strikers aus L. A., eigentlich krasser Außenseiter, haben gewonnen, weil die Schiedsrichterin nicht ihren besten Tag hatte und einige umstrittene Entscheidungen gefällt hat. Weswegen die Schwarzen aus Rochester jetzt aufgebracht sind.«

»Aufgebracht!« Peter lachte gekünstelt. »Die sind fuchsteufelswild! Schließlich geht's hier nicht um irgendeinen Blumentopf, sondern um die Meisterschaft in der W-League! Und die Entscheidungen waren auch nicht umstritten, sondern katastrophal falsch! Das hätte ein Blinder gesehen!«

»Auch daran melde ich Zweifel an«, entgegnete Justus. »Aber womöglich hat das alles mit diesem Umstand hier zu tun?« Er tippte auf eine Stelle im Stadionheft.

Bob nahm die dünne Broschüre. »Salma Hutchinson«, las er, »die Schiedsrichterin, 37 Jahre alt, ein Sohn, pfeift seit drei Jahren in der W-League …«

»Ich meine das da.« Justus zeigte auf das Ende des kurzen Artikels.

»Hey!«, stieß Bob erstaunt hervor. »Sie stammt aus Malibu!«

Justus nickte. »Könnte es sein, dass die geografische Nähe zu den Strikers für eine Art regionaler Verbundenheit gesorgt hat, die den Blick von Mrs Hutchinson hier und da ein wenig getrübt hat?«

Peter brauchte eine Sekunde. »Du meinst, sie hat das Spiel verpfiffen, weil sie eine Heimschiedsrichterin ist?«

»Wenn man das so nennt.«

»Das kann ich mir nicht vorstellen.« Peter schüttelte den Kopf. »Ich meine, das hier ist die zweithöchste Liga!«

»Und?«

Bob schaltete sich ein. »Ich glaube das auch nicht. Dazu geht es hier um zu viel. Zugegeben, die Entscheidungen waren völlig daneben, aber aus Absicht? Nein.«
Justus zuckte mit den Schultern. »Um was geht es denn?«
»Na, um die Ehre!«, ereiferte sich Peter. »Anerkennung, Prestige. Um das, wofür man als Sportler eben so kämpft.«
»Und warum sollte das kein Grund sein, ein wenig nachzuhelfen, indem man eine vorübergehende visuelle Beeinträchtigung vortäuscht?«
Der Zweite Detektiv wusste darauf erst einmal nichts zu sagen und wedelte ratlos mit den Armen. »Weil ... weil sowieso immer zu viel auf den Schiedsrichtern herumgehackt wird. Das ist echt ein harter Job. Die haben es nicht leicht.«
Justus schob den Kopf nach vorn. »Was jetzt in welchem Zusammenhang mit meiner Aussage steht?«
Peter ließ die Arme wieder sinken, atmete erschöpft aus. »Ich glaub's einfach nicht.«
Bob zeigte nach unten. »Es geht los, Kollegen. Siegerehrung.«
Eine Dame im schwarzen Kostüm, die Justus mithilfe des Stadionheftes als Mrs Nancy Warren und Präsidentin der W-League identifizierte, nahm das Mikrofon und hielt eine kurze Ansprache: spannendes Spiel, tolle Tore, würdiger Sieger. Die Ravens-Fans sahen das natürlich völlig anders und pfiffen pausenlos. Jede der Schiedsrichterinnen bekam eine Medaille und durfte die Hände der Präsidentin und zweier Herren im Anzug schütteln. Die Ravens-Fans pfiffen noch lauter und buhten wieder. Danach kamen die Ravens-Spielerinnen an die Reihe. Eine nach der anderen erklomm mit

hängendem Kopf das kleine Podest, bekam ebenfalls eine Medaille, musste auch drei Hände schütteln. Diesmal jubelten ihre Fans, aber jede der Spielerinnen nahm die Medaille sofort wieder ab, kaum dass sie das Podest verlassen hatte.

»Die sind wirklich angefressen«, stellte Peter fest.

Bob nickte. »Verständlicherweise.«

Schließlich wurden die Sieger geehrt. Die Mannschaft der Strikers stellte sich geschlossen auf das Podest und gruppierte sich um ihre Spielführerin. Dann nahm Mrs Warren den Pokal von dem Wägelchen und schritt auf das Team aus Los Angeles zu.

»Sagtest du nicht vorhin was von Blumentopf?«, meinte Justus.

Peter wandte sich ihm zu. »Was?«

»Der Pokal ist wirklich ausnehmend scheußlich, finde ich. Hier ist ein Bild von ihm.« Der Erste Detektiv hielt seinen Freunden das Stadionheft hin.

Die drei Jungen betrachteten den goldfarbenen Kelch, der von der Form tatsächlich an einen etwas zu lang und aus der Form geratenen Blumentopf erinnerte. Verziert war er mit einigen Figuren, Tieren und Gesichtern, die als Relief um den Pokal liefen.

»Das da sieht aus wie ein Löwenkopf«, fand Bob und deutete auf das Heft. »Ein eher dämlicher Löwe.«

»Könnte man als ausgleichende Gerechtigkeit bezeichnen.« Justus lächelte andeutungsweise. »Ein scheußlicher Pokal für einen zweifelhaften Sieg.«

Im Stadion brandeten Freudengeschrei und Beifall auf und die drei Detektive sahen wieder nach unten. Dort hatte

Mrs Warren den Pokal an die Mannschaftskapitänin übergeben, die ihn freudestrahlend in den Himmel reckte. Ihre Mitspielerinnen klatschten, jubelten und tanzten, eine Konfetti-Kanone spie goldene Schnipsel in die Luft, die Strikers-Fans verwandelten die Tribünen in ein Meer aus weißen Fahnen und die Offiziellen spendeten milde lächelnd Applaus.
Die Ravens standen bewegungslos und mit düsteren Mienen daneben, während ihre Fans bereits das Stadion verließen.

Bluthunde

»Kollegen, macht es euch was aus, mit dem Bus nach Hause zu fahren?« Peter sah seine Freunde treuherzig an. »Ich kenne ja zwei der Mädels von dem Showturnier letztes Jahr und würde mich nach diesem Spiel echt gerne noch mit ihnen unterhalten. Was sie darüber denken und so. Ihr hättet was gut bei mir.«

Insbesondere Justus war gar nicht begeistert von dieser Idee, ließ sich aber schließlich erweichen. Was weniger an Peters Hündchenblick, sondern eher an dem Banana-Split-Eisbecher lag, den ihm sein Freund in Aussicht stellte.

Nachdem er sich von Justus und Bob verabschiedet hatte, ging Peter zum Spielereingang des Stadions, wo er vor dem eisernen Gatter auf die beiden jungen Frauen wartete. Aber er war dort nicht allein. Neben anderen Freunden und Bekannten der Strikers hatten sich vor dem Ausgang auch so ziemlich alle der mitgereisten Ravens-Fans versammelt. Mit einem unguten Gefühl registrierte Peter, dass sie alles andere als friedlich gestimmt waren. Ihre zornigen Mienen, die Gesten, Gesprächsfetzen, die der Zweite Detektiv aufschnappte: Alles wies darauf hin, dass sie sich immer noch nicht beruhigt hatten. Und auch die Schiedsrichterinnen würden das Stadion über diesen Ausgang verlassen.

Die Spielerinnen der Ravens kamen zuerst heraus. Natürlich, sie hielt hier nichts mehr, sie wollten den Ort dieser unrühmlichen Niederlage so schnell wie möglich verlassen. Peter hatte jedoch den Eindruck, dass sich ihr Unmut inzwi-

schen gelegt hatte. Sie wirkten erschöpft, deprimiert, aber nicht mehr wütend.
Die Fans wurden lauter. Etliche applaudierten, skandierten »Ravens, Ravens, Ravens!« und riefen den Spielerinnen aufmunternde Worte zu. Andere aber machten ihrem Ärger Luft. »Frechheit!«, hörte Peter, »... so ein blindes Huhn!«, »... Schiebung ...« und einmal auch »... lassen wir nicht auf uns sitzen!«. Das mulmige Gefühl des Zweiten Detektivs verstärkte sich.
Einige der mitgereisten Fans liefen den Spielerinnen entgegen. Bekannte und Verwandte, vermutete Peter. Er konnte beobachten, dass zwei der Spielerinnen von ihren Freunden in den Arm genommen wurden, ein bärtiger Mann klopfte einer jungen Frau tröstend auf die Schulter, eine ältere Dame zog eine andere Spielerin an sich und strich ihr über das duschnasse Haar. Dann entfernten sich die Spielerinnen und liefen zu einem Bus, der in der Nähe parkte. Auch die meisten Fans zogen sich nun zurück, gestikulierend, diskutierend, maulend. »Ungerecht ... Revanche ... nächstes Jahr.«
Aber ein kleiner Rest blieb vor dem Tor stehen. Düstere, feindselige Mienen. Diese Leute waren still. Fast unheimlich still, wie Peter fand.
Die Zeit verging. Und die Schiedsrichterinnen ließen sich nicht blicken. Dass er etwas länger auf Tiffany und Sydney würde warten müssen, damit hatte Peter gerechnet. Die Mannschaft feierte ihren Sieg sicher noch ausgiebig in der Kabine. Er wusste aus eigener Erfahrung, was dort jetzt ungefähr los war: Singen, Herumhüpfen, vielleicht die eine oder andere unfreiwillige Dusche, eine Trainerin, die samt

Klamotten im Entmüdungsbecken landete, und so weiter. Danach wurde geduscht, man redete über Spielszenen, man zog sich an, redete über den Ausgleich, beglückwünschte sich noch einmal, redete über das Siegtor, freute sich auf die Feier am Abend, redete und redete. Deswegen dauerte das. Aber die Schiedsrichterinnen hätten längst da sein müssen.

Endlich erschienen die ersten Spielerinnen am Ausgang, unter ihnen Tiffany und Sydney. Peter lief freudestrahlend auf die beiden zu.

»Hey! Gratuliere!« Er klatschte die jungen Frauen ab. »Na? Wie hört sich das an? W-League-Meister!«

Tiffany, ein hoch aufgeschossener Blondschopf mit Sommersprossen und lustigen blauen Augen, hob den Daumen. »Hallo, Peter! Super! Ich kann's noch gar nicht glauben! Wir sind Meister!«

Sydney Jordan, die Stürmerin, war etwas kleiner. Ihre dunklen Haare glänzten feucht. Sie wirkte müde und humpelte leicht. »Schön, dich zu sehen, Peter! Tja, wir haben's tatsächlich geschafft!«

»Hast du dich verletzt, Sydney?« Der Zweite Detektiv bot sich an, ihre Sporttasche zu tragen.

»Nur 'ne kleine Prellung. Begleitest du uns zum Auto?«

»Klar.« Peter drehte sich um und lief an Tiffanys Seite mit den beiden Frauen über den Parkplatz. »Dein Schuss unter die Latte war echt eine Granate, Sydney! Sagenhaft!«

Sydney zögerte einen Moment. »Ja. Wenn man davon absieht, dass er nicht drin war, war es ein super Schuss.«

Peter spürte, dass die Stimmung der beiden doch nicht so

ungetrübt war, wie es zunächst den Anschein gehabt hatte.

»Er war nicht drin, oder?«

»Nein. Und mein Ausgleich war Abseits.«

Tiffany nickte. »Und das 1:2 kein Elfer. Und das Tor der Ravens in der Nachspielzeit absolut regelkonform.«

Diesmal brauchte Peter eine Weile, bis er antwortete. »Ja … ich fand die Schiedsrichterin auch etwas … unglücklich.«

Tiffany lachte kurz auf. »Unglücklich? Die Gute hatte echt Tomaten auf den Augen! So was Unfähiges habe ich noch nicht erlebt. Wäre ich ein Raven, hätte ich sie wahrscheinlich … ach, frag mich lieber nicht, was ich getan hätte!«

»Tiffany hat absolut recht«, meinte Sydney. »Das war wirklich unter aller Kanone. Und deswegen kann ich mich auch gar nicht so recht über diesen Sieg freuen. Hat irgendwie einen faden Beigeschmack.«

Peter wollte gerade etwas zu Salma Hutchinson sagen, als hinter ihnen Unruhe aufkam. Alle drei wandten sich um und der Zweite Detektiv erkannte, dass die verbliebenen Ravens-Fans auf den Ausgang zuhielten. Und er sah auch, warum. Salma Hutchinson! Sie hatte sich unter die restlichen Spielerinnen gemischt und wollte so offenbar unerkannt das Stadion verlassen. Aber auch die tief in die Stirn gezogene Schirmmütze und die große Sonnenbrille hatten ihr nicht geholfen. Die Ravens-Anhänger hatten sie sofort ausgemacht. Und rückten vor.

»… haben Sie sich dabei eigentlich gedacht, hm?«

»… wie viel Sie bekommen haben?«

»… Arbeit einer ganzen Saison zunichtegemacht! Sie, Sie …«

Peter war sofort klar, dass die Situation brenzlig werden

könnte. »Tiffany! Sydney! Wir sehen uns! Ich muss da mal schnell hin!«

»Was ist da los?«

»Was hast du vor, Peter?«

Aber der Zweite Detektiv antwortete nicht. Dafür war keine Zeit mehr. Er wusste zwar selbst noch nicht genau, was er unternehmen wollte, aber irgendetwas musste er tun, so viel stand fest. Sonst konnte das böse ausgehen.

Salma Hutchinson ergriff die Flucht. Sie löste sich aus der Gruppe der Strikers-Spielerinnen und lief dicht am Zaun entlang, der das Stadion auf seiner Rückseite umgab. Kurz bevor die Ravens-Fans die Lücke schließen konnten, hatte sie den Parkplatz erreicht.

Peter rannte nach rechts, den Blick nur auf Salma und ihre Verfolger gerichtet. Plötzlich prallte er gegen einen Rücken. Er taumelte einen Schritt zurück. »Tut … tut mir leid!«

Ein junger Mann stand vor ihm. Strikers-Kappe, schwarze Haare, erschrockenes Gesicht. »Nein, mir tut's leid, ich hab dich überhaupt nicht kommen sehen, weil ich da hingeschaut habe.« Er zeigte auf Salma, die sich zwischen den Autos hindurchschlängelte.

»Ich auch.« Peter hob die Hand. »'tschuldigung.« Er rannte weiter.

Die Ravens-Fans kamen Salma näher. Beziehungsweise kreisten sie ein. Ein paar von ihnen hatten sich von der Gruppe gelöst und einen anderen Weg eingeschlagen. Klar, der hintere Parkplatz hatte nur eine Ausfahrt. Und die musste auch Salma nehmen. Was hatten diese Fans vor? Was wollten sie tun, wenn sie Salma erwischt hatten?

Peter erhöhte sein Tempo – und lief in diesem Moment an seinem MG vorbei! Der Zweite Detektiv blieb stehen, schaute, wo Salma war und wo die wütende Meute. Salma lief gar nicht zu ihrem Wagen. Sie war unterwegs zur Campus Road. War sie mit dem Bus hier? Wollte sie ein Taxi anhalten? Peter überlegte eine Sekunde. Dann holte er den Schlüssel heraus, sperrte hastig die Tür auf, warf den Motor an und preschte mit durchdrehenden Reifen los.

Der Zweite Detektiv jagte an den wenigen parkenden Autos vorbei, die noch auf dem Parkplatz standen. Ab und zu konnte er sogar eine Abkürzung nehmen, weil er eine Lücke fand. Salma hatte die Straße jetzt fast erreicht. Aber die ersten Fans waren ihr dicht auf den Fersen. Peter sah, wie sie die Hände hoben und ihre Fäuste schüttelten, sah sie irgendetwas schreien. Salma schaute über die Schulter nach hinten. Der Blick eines gehetzten Tieres, ängstlich, panisch. Peter drückte aufs Gas. Da vorn durch die Ausfahrt, dann rechts. Hundertfünfzig Meter noch, zehn Sekunden.

Salma hastete zwischen den Parkplatzbegrenzungen hindurch, lief über den Fußgängerweg. Dann kam die Straße, wo sie abrupt stehen blieb. Sie sah nach links, sah nach rechts. Kein Bus, kein Taxi. Sie drehte sich um. Der erste Fan, ein Hüne mit rotem Gesicht, war keine zehn Meter mehr von ihr entfernt.

In dem Augenblick, in dem Salma die Straße betreten wollte, hielt Peter mit quietschenden Reifen vor ihr. Er stieß die Tür auf. »Steigen Sie ein! Los, schnell!«

Salma zuckte zurück, starrte Peter an.

»Los! Machen Sie schon! Jetzt!«

Salma sprang in den Wagen. Der Zweite Detektiv griff über sie hinweg, knallte die Tür zu und brauste davon. Im Rückspiegel konnte er sehen, wie der wütende Hüne irgendetwas vom Boden aufhob und ihm hinterherschleuderte. Eine Dose, die weiter hinter dem MG auf dem Asphalt landete.
»Das war knapp!« Peter lächelte vorsichtig.
Mrs Hutchinson sagte nichts. Saß nur da, presste ihre Sporttasche an sich, atmete, starrte zu Boden. Der Zweite Detektiv musterte sie aus dem Augenwinkel. Kupferblonde, glatte Haare, dünne Lippen, spitze Nase. Und bleich wie die Wand.
»Geht es Ihnen gut?«
Die Schiedsrichterin antwortete immer noch nicht. Sie nickte nur andeutungsweise.
»Die waren ja wirklich stinkig, meine Güte. Ich frage mich, was diese Bluthunde eigentlich …« Peter brach ab. Das war jetzt dämlich. »Entschuldigung, ich meine … also, na ja …«
Die Frau hatte ihm aber offenbar gar nicht richtig zugehört. Zumindest reagierte sie nicht.
»Kann ich Sie irgendwo hinbringen? Nach Hause? Soll ich jemanden verständigen?«
Auf einmal brach die Frau in Tränen aus. Von jetzt auf gleich fing sie heftig an zu weinen. Sie schluchzte geradezu und schlug die Hände vors Gesicht.
Peter erschrak. »Mrs Hutchinson, ich … soll ich rechts ranfahren? Kann ich … Mrs Hutchinson …«
»Ich konnte doch gar nicht anders!«, stieß die Frau plötzlich hervor, schluchzte wieder, bot ein Bild des Jammers, wie sie da so saß und bitterlich weinte. »Ich konnte doch nicht anders! Oh, mein Tommy, mein Tommy, mein Baby!«

Lieblingsbärchen

Peter brachte Salma Hutchinson nicht nach Hause. Nachdem sie ihm stockend und unter Tränen die ganze Geschichte erzählt hatte, konnte er sie davon überzeugen, mit ihm zu kommen. Er könne ihr vielleicht helfen. Dann rief er von seinem Handy aus Justus und Bob an. Er hoffte, dass die beiden mittlerweile wieder auf dem Schrottplatz angekommen waren.

Der Erste Detektiv ging nach dem zweiten Klingeln an den Apparat. »Justus Jonas von den drei Detektiven?«

»Hi, Just, ich bin's. Ihr seid schon in Rocky Beach? Toll. Hör zu. Ich bin in wenigen Minuten bei euch. Und ich bringe jemanden mit.«

»Wie? Jemanden? Was ist denn los? Du klingst seltsam.«

»Gleich, Just. Sorg bitte dafür, dass wir uns irgendwo ungestört unterhalten können.«

»Ich verstehe nicht. Wo bist du? Im Auto? Höre ich da jemanden weinen?«

»Bis gleich.« Peter legte auf.

Ein paar Minuten später rollte der rote MG auf den Schrottplatz der Familie Jonas. Justus und Bob warteten in der Einfahrt und der Erste Detektiv dirigierte Peter zur Freiluftwerkstatt. Direkt davor sollte er parken.

Als Peter ausgestiegen war, gab er seinen Freunden ein Zeichen, dass sie schon einmal vorgehen sollten. Er umrundete seinen Wagen, öffnete die Beifahrertür und half Salma beim Aussteigen. Dann folgte er Justus und Bob unter das Dach

der Werkstatt. Ein Stück weiter links, in einer uneinsehbaren Ecke, entdeckte er einige umgedrehte Kisten und einen Campingstuhl, die dort aufgestellt waren. Er führte Salma zu dem Stuhl und bat sie, Platz zu nehmen.
»Wollen Sie irgendetwas trinken, Mrs Hutchinson?«, fragte Peter. »Limonade, Tee, Kaffee?«
Die Frau schüttelte den Kopf und schaute zu Boden. Mittlerweile hatte sie sich zwar etwas beruhigt, aber Justus und Bob konnten deutlich erkennen, dass sie geweint hatte und einen mitgenommenen, ja verzweifelten Eindruck machte. Die beiden warfen Peter verdutzte Blicke zu. Die Schiedsrichterin?, formte Bob unhörbar mit den Lippen. Der Zweite Detektiv zog die Augenbrauen herab und signalisierte Bob, dass er sich gedulden solle.
»Mrs Hutchinson, das sind meine beiden Freunde Justus Jonas und Bob Andrews, von denen ich Ihnen erzählt habe. Und das hier ist unsere Karte.« Peter überreichte der Frau eine ihrer Visitenkarten.

Salma Hutchinson nahm die Karte entgegen, schenkte ihr jedoch keinerlei Beachtung. Justus hatte das Gefühl, dass sie kaum wusste, wo sie eigentlich war.
»Wenn Sie erlauben«, fuhr Peter fort, »erzähle ich meinen Freunden, was Sie mir erzählt haben. In Ordnung?«
Salma Hutchinson sagte nichts.
»Also … dann … fang ich mal an.« Peter lächelte unsicher. »Hört zu, Kollegen«, wandte er sich an Justus und Bob. »Mrs Hutchinson wird erpresst! Sie sollte dafür sorgen, dass die Strikers heute das Spiel gewinnen. Ansonsten würde es ihrem Sohn Tommy schlecht ergehen.«
»Eine Erpressung?«, entfuhr es Justus.
»Was? Erpresst!«, erschrak Bob. Das erklärte natürlich einiges.
Peter nickte. »Mrs Hutchinson bekam anonym ein Spielzeug ihres Sohnes Tommy zugesandt. Sein Lieblingsbärchen. Und kurz darauf erhielt sie einen Anruf von einem ihr fremden Mann, der ihr erklärte, er sei Tommy einmal nahe gekommen, er würde es auch noch ein zweites Mal schaffen, wenn sie nicht dafür sorge, dass die Zons gewinnen.«
Justus überlegte kurz. »Ah ja. Aus der Tatsache, dass wir jetzt hier sitzen, schließe ich, dass er auch die Forderung geäußert hat, unter keinen Umständen die Polizei einzuschalten. Und dass Sie, Mrs Hutchinson, aus Sorge um Ihren Sohn dieser Anordnung unbedingt Folge leisten wollten, nicht wahr?«
Salma Hutchinson sah auf. »Ja«, sagte sie mit dünner Stimme. »›Keine … Bullen‹, hat er gesagt. Und dass er mich jede Sekunde im Blick hätte. Oh Gott!« Ihre Lippen bebten leicht.

»Ist euch jemand gefolgt, Zweiter?«, fragte Justus.
Der Zweite Detektiv zuckte die Schultern. »Ich weiß es nicht. Glaub nicht. Ich habe aber ehrlich gesagt nicht darauf geachtet.«
Salma Hutchinson schreckte zusammen. »Ihr meint, der beobachtet uns jetzt?«
»Nein!«, beeilte sich Justus zu sagen. »Ich denke, wir dürfen davon ausgehen, dass jene Formulierung mit dem Im-Blick-Haben eine bloße Floskel ist, die Sie einschüchtern sollte«, meinte Justus. »Das sagen viele Erpresser. Hatten Sie denn seit jenem Anruf den Eindruck, dass jemand Sie beobachtet?«
Salma Hutchinson zögerte und machte eine vage Kopfbewegung. »Irgendwie schon. Aber ich weiß es nicht. Ich kann mir das auch eingebildet haben. Keine Ahnung.«
Justus nickte verständnisvoll.
»Dieses Bärchen«, wollte Bob wissen. »Haben Sie eine Vermutung, wie der Erpresser da rangekommen ist?«
Salma schniefte. »Ja. Im Kindergarten. Ich denke, er hat es aus dem Kindergarten. Tommy hatte Bubu immer bei sich. Er trennt sich nie von ihm. Aber zwei Tage bevor das Päckchen ankam, habe ich Tommy aus dem Kindergarten abgeholt und da hatte er Bubu verloren. Wir haben überall gesucht, doch er war nicht mehr da.«
»Kindergarten«, murmelte Bob. »Aha.«
»Und die Stimme am Telefon? Kam die Ihnen vielleicht doch irgendwie bekannt vor?« Peter beugte sich nach vorn und stützte die Ellenbogen auf seine Oberschenkel. »Jetzt so im Nachhinein.«

»Nein«, erwiderte Salma bestimmt. »Ich habe die Stimme ganz sicher noch nie gehört.«

»Diesen Anruf betreffend.« Justus schaute Peter an. »Zweiter, du meintest gerade, der Kerl habe gesagt, dass die Sons gewinnen sollen. Verstehe ich nicht. Sons? Ich dachte, die Mannschaft sind die Los Angeles Strikers?«

»Zons, nicht Sons«, erwiderte Peter. »Das ist ihr Spitzname. Der kommt zum Beispiel auch in dem Schlachtruf vor, den sie vor jedem Match in der Kabine anstimmen: Zickezacke Hackenpass, die Zons machen den Gegner nass! Hey, Zons, hey!«

Justus zog die Stirn in Falten. »Sehr originell.«

Peter ignorierte die Ironie. »Zons ist, soweit ich weiß, eine Abkürzung für Amazonen. Und das sind doch irgendwie so Kriegerinnen aus der Urzeit, oder?«

Der Erste Detektiv war nicht ganz einverstanden. »Fast. Es handelt sich um einen mythischen Volksstamm, der matriarchalisch organisiert war und östlich des Schwarzen Meeres oder im heutigen Anatolien anzusiedeln ist. Die antiken Quellen sind hier nicht eindeutig.«

»Klar, wie konnte ich das vergessen?« Peter lächelte Salma verschmitzt zu, aber die Frau zuckte nur die Achseln. Ihr war alles andere als zum Lachen zumute.

Plötzlich fiel dem Zweiten Detektiv etwas ein. »Moment mal! Woher weiß der Typ das mit den Zons?«

»Wie meinst du das?«, fragte Justus.

»Na ja, dieser Spitzname ist eigentlich kein Spitzname. Er ist eher so ein … Insidername. Nichts Offizielles, versteht ihr? So nennen die Spielerinnen ihre Mannschaft. Vielleicht noch die Trainer, aber sonst?« Peter breitete die Hände aus.

»Der Name ist zwar jetzt kein Geheimnis oder so, aber ich habe ihn bis jetzt nur Spielerinnen sagen hören. Sydney hat mir mal von dem Schlachtruf erzählt.«
»Stimmt«, pflichtete ihm Bob bei. »Ich höre den Namen jetzt auch zum ersten Mal.«
»Hm. Interessant«, meinte Justus. »Das lässt womöglich den Schluss zu, dass unser Erpresser aus dem nächsten Umfeld der Mannschaft stammt.«
Salma schien beeindruckt. Zum ersten Mal schenkte sie den drei Jungen ihre volle Aufmerksamkeit. »Daran habe ich überhaupt nicht mehr gedacht, an dieses Zons. Ich habe zwar nachgefragt, was er damit meinte, aber dass das eigenartig war, ist mir völlig entgangen.«
»Sehr eigenartig«, sagte Bob nachdenklich.
Der Erste Detektiv deutete auf die Karte in Salmas Hand. »Wir werden natürlich gerne für Sie tätig, Mrs Hutchinson, und wir würden nichts unversucht lassen, die Hintergründe dieser schändlichen Tat aufzuklären. Aber ich muss Ihnen dennoch ans Herz legen, in dieser Sache die Polizei einzuschalten. Sie und Ihr Sohn wurden bedroht. Ihr Leben ist in Gefahr. Und Tommy bringen Sie vielleicht besser zu Verwandten für die nächste Zeit.«
Salma schüttelte sofort heftig den Kopf. »Ich habe niemanden. Keine Verwandten oder sonst jemanden, dem ich Tommy anvertrauen würde. Und keine Polizei! Auf gar keinen Fall! Nein! Vielleicht bin ich jetzt schon viel zu weit gegangen. Ja!« Sie stand auf. »Ich … ich hätte gar nicht hierherkommen dürfen. Das war ein Fehler. Niemand sollte davon erfahren, niemand.«

»Beruhigen Sie sich, Mrs Hutchinson«, beschwichtigte Bob die Frau. »Hier sind Sie sicher. Keiner weiß, dass Sie hier sind.«

»Das könnt ihr gar nicht wissen. Ich werde jetzt sofort nach Hause fahren. Der Kerl hat, was er wollte. Die Sache ist vorbei. Und … und ich werde auch kein Spiel mehr pfeifen. Nie mehr! Ich hänge diesen Job an den Nagel. Ja, das tue ich! Das ist alles so … schrecklich. Dass es so weit kommen konnte!« Salma Hutchinson machte Anstalten zu gehen.

»Mrs Hutchinson.« Justus erhob sich ebenfalls. »Erlauben Sie mir zu widersprechen. Es besteht durchaus die Wahrscheinlichkeit, dass Sie nicht so leicht aus der Sache rauskommen, wie Sie sich das wünschen.«

»Was … soll das heißen?« Salma sah Justus irritiert an. »Ich habe doch alles getan, was er wollte!«

»Eben. Der Erpresser könnte jetzt auf die Idee kommen, Sie für weitere Spielverschiebungen einzusetzen, und Ihnen einfach verbieten, Ihre Schiedsrichterkarriere zu beenden. Damit müssen Sie rechnen. Von daher wäre es sicher besser, diskrete Ermittlungen anzustellen, um diesem Schurken auf die Schliche zu kommen.«

»Du meinst …« Salmas Schultern sanken herab. »Du meinst, das … geht weiter? Dieser Albtraum ist noch nicht zu Ende?«

Der Erste Detektiv erwiderte nichts.

»Oh Gott! Oh mein Gott!«

Spinnen und Krähen

»Zickezacke Hackenpass.« Justus sah dem Taxi hinterher, das Salma Hutchinson nach Hause brachte. »Das hast du dir doch eben ausgedacht, Zweiter, gib's zu!«
»Nein! So lautet ihr Kampfspruch wirklich.« Peter überlegte. »Vielleicht sollten wir uns auch so einen zulegen? Zum Beispiel … Kommen die drei Fragezeichen, muss die Gangsterwelt erbleichen! Hey, ähm … Jupebo, hey!«
Justus drehte den Kopf. »Jupebo? Wer oder was ist denn bitte Jupebo?«
»Na, Justus, Peter, Bob! Jupebo!«
»Jupebo. Alles klar.« Justus lächelte, als hätte Peter eine unheilbare Krankheit. »Lasst uns reingehen, Kollegen. Kriegsrat.«
Die drei Detektive zogen sich in ihre Zentrale zurück, einen alten Campinganhänger, der unter einem Berg Altmetall verborgen lag und nur über verschiedene Geheimgänge zu erreichen war. Aber obwohl der Wohnwagen schon bessere Tage gesehen hatte, fand sich in ihm alles, was die Jungen für ihr Detektivunternehmen benötigten: ein Computer, ein Telefon mit Faxanschluss, ein Kopierer, sogar ein kleines Labor und eine Dunkelkammer. Peter ließ sich in einen der abgewetzten Sessel plumpsen, Bob fläzte sich aufs Sofa und Justus nahm auf seinem Chefsessel am Schreibtisch Platz.
»Die Sitzung ist hiermit eröffnet.« Justus griff nach Schreibblock und Stift. »Anregungen, Gedanken, Einfälle?« Er sah seine Freunde auffordernd an.

»Wettbetrug«, sagte Peter. »Das wäre mein erster Gedanke. Jemand hat auf die Strikers gesetzt und wollte damit viel Kohle machen.«
»Sehen wir's uns an.« Justus drehte sich herum und schaltete den Computer ein. Er öffnete den Browser, surfte eine Weile im Internet, dann hatte er gefunden, wonach er gesucht hatte. »Die Quote stand bei sieben zu eins auf einen Sieg der Strikers«, verkündete er und wirbelte wieder herum. »Das ist nicht schlecht, aber auch nicht überragend.«
»Denkt ihr, dass die Wettmafia jetzt auch schon bei Spielen der zweiten Frauenliga aktiv ist?«, wunderte sich der dritte Detektiv.
Peter zuckte die Schultern. »Warum nicht? Geld ist Geld. Aber es könnte auch ums Prestige gehen. Schließlich waren die Strikers noch nie W-League-Champion.«
Bob setzte eine skeptische Miene auf. »Aber erpresse ich dafür eine Frau mit Kind? Kann ich mir nicht vorstellen.«
»Du vielleicht nicht«, wandte Justus ein, »aber wir dürfen den Geltungsdrang der Menschen nicht unterschätzen. Eine Spielerin, die nur für dieses Ziel lebt, eine Trainerin, die all ihre Kraft in den Titel investiert hat, ein überehrgeiziger Vater? Hat's alles schon gegeben.«
Der dritte Detektiv nickte und setzte sich anders hin. Eine lose Sprungfeder des Sofas pikste ihn dauernd in den Allerwertesten. »Peter, weißt du, was die Spielerinnen und die Trainer für den Sieg bekommen? Prämien und so.«
»Du denkst an Geld als Motiv?« Der Zweite Detektiv winkte ab. »Das kann nicht viel sein.«
»Weißt du's?«

Peter schüttelte den Kopf. »Nein, aber das lässt sich leicht rausfinden.« Er hievte sich aus dem Sessel und ging zum Telefon. »Just, such mir mal bitte die Nummer von Sydney Jordan aus dem Internet. Sie wohnt hier in Rocky Beach in der Ventura Avenue.«

Nach wenigen Augenblicken hatte Justus die Nummer gefunden und diktierte sie Peter. Aber Sydney war nicht zu Hause. Vor der großen Siegesfeier am Abend, so ihre Mutter, sei sie noch einmal schnell zu ihrer Großtante ins Pflegeheim gefahren. Ob es denn dringend sei? Ja, schon irgendwie. Mrs Jordan gab Peter Sydneys Mobilnummer.

Es dauerte lange, bis Sydney ranging. »Ja?« Sie klang ein wenig gehetzt.

»Sydney? Hier ist Peter. Peter Shaw.«

»Ah, Peter!« Pause. »Woher … hast du denn diese Nummer?«

»Von deiner Mutter. Sydney, ich muss dich etwas fragen. Es ist dringend.« Im Hintergrund hörte Peter Geräusche. Geschirr klapperte, ein durchdringender Signalton in kurzen Abständen, ein Radio. Nein, kein Radio, dieses unentwegte Plappern kam nicht aus einem Radio.

»Dringend? Worum geht es denn?« Sydney hatte nicht viel Lust zu telefonieren.

»Ich wollte dich fragen«, Peter stockte, »ob du mir vielleicht sagen kannst, wie viel ihr Spielerinnen für diesen Sieg heute bekommt? Prämien, meine ich.«

»Und die Trainer!«, flüsterte Justus.

»Und die Trainer.«

»Bitte?« Sydney zögerte. »Wieso willst du das denn wissen?«

Im Hintergrund zeterte eine alte Frau, dass eine böse Hexe einen Schuh gestohlen habe. Eine böse Hexe? Einen Schuh?
»Ähm, es hat mit der Schiedsrichterin zu tun. Du weißt schon. Diese sehr merkwürdigen Entscheidungen und so. Ich erklär's dir gerne ausführlicher, aber im Moment scheint es auch bei dir etwas unpassend zu sein.«
»Die Schiedsrichterin?«, rief Sydney erstaunt. »Stimmt! Was war denn da noch? Das sah ja wirklich heftig aus auf dem Parkplatz. Ist ihr was passiert?«
Die alte Dame wurde jetzt von Kampfbäumen gejagt, wenn Peter das richtig verstanden hatte.
»Tante Beatrice! Moment, Peter.« Sydney wandte sich vom Telefon ab. »Jetzt leg dich wieder ins Bett! Da ist niemand! Ich bin gleich wieder bei dir!« Sie war wieder am Apparat. »Entschuldige, Peter.«
»Probleme?«
»Nein, alles wie immer.« Sydney lachte gezwungen. »Also, was war mit der Schiedsrichterin? Hast du sie – Tante Beatrice, gib das her!«
Auf einmal war da eine andere Stimme am Telefon. Alt, krächzend und ganz nah. »Hüte dich!«, hauchte sie in den Apparat. »Hüte dich vor den Krähen und Spinnen!«
»Warte mal, Peter!« Es klapperte. Die Stimmen wurden undeutlicher, waren weiter weg, wurden zu einem verwaschenen Hin und Her von Worten. Peter wartete.
»Und?«, fragte Justus.
»Schwierigkeiten mit der Verwandtschaft.« Der Zweite Detektiv machte ein furchterregendes Gesicht. Oder ein dämliches. Bob kicherte.

Dann verstummte endlich der nervige Alarmton. Kurz darauf ging Sydney wieder ran. »Peter, ich kann jetzt nicht weitertelefonieren. Fünfhundert Dollar, das bekommt jede von uns und die Trainerin. Ruf mich die Tage noch mal an, ja?«
»Mach ich. Danke dir, Sydney.« Peter legte auf. »Fünfhundert Dollar«, informierte er Justus und Bob.
»Was war denn los?«, wollte der dritte Detektiv wissen.
»Sydney kämpft gerade mit Krähen, Spinnen und Hexen, die Schuhe klauen«, erwiderte Peter wie nebenbei.
Bob stutzte. »Muss ich das verstehen?«
»Nein, ich tu's auch nicht.«
Justus schaute einen Moment verwundert drein, konzentrierte sich dann aber wieder auf ihren Fall. »Fünfhundert Dollar. Hm, auch nicht die Welt. Und sonst? Gibt es ansonsten noch irgendetwas für den Titel? Irgendeine Vergünstigung, Werbeverträge, tolles Trainingslager, irgendetwas, wofür sich der ganze Aufwand lohnt?«
Peter überlegte. »Der Bürgermeister wird sie vermutlich empfangen.«
»Na toll!« Justus setzte eine gelangweilte Miene auf. »Das wäre eher ein Grund zu verlieren.«
»Siegermedaillen. Und den scheußlichen Pokal«, erinnerte sich Bob. »Der mit diesem Löwen drauf oder was immer das war. Der ungefähr so geguckt hat wie du eben.« Er sah Peter an und machte dessen Gesichtsausdruck am Telefon nach.
Der Zweite Detektiv grinste. »Nicht übel, aber bis du so doof dreinschauen kannst wie ich, musst du noch viel üben.«
»Also weit und breit kein Motiv«, fasste Justus zusammen. »Sehr rätselhaft, wirklich sehr rätselhaft.«

»Spezialgelagert!« Das war eines von Peters Lieblingswörtern.
Bob sah von einem zum anderen. »Damit bliebe als einziger Anhaltspunkt, den wir im Moment haben, die Vermutung, dass der Erpresser aus dem nächsten Umfeld der Mannschaft stammt, oder?«
Peter nickte. »Wenn es nicht sogar eine der Spielerinnen ist. Sie könnte ihre Stimme verstellt haben.«
»Wie auch immer«, sagte Justus, »jedenfalls ist es durchaus sinnvoll, mit unseren Nachforschungen bei der Mannschaft anzusetzen. Wobei wir die Möglichkeit einer Wettmanipulation auch nicht aus den Augen verlieren sollten. Darum werde ich mich morgen kümmern, nachdem ich noch einmal mit Salma gesprochen habe. Vielleicht fällt ihr ja doch noch etwas ein.«
»Dann werde ich mich mit Tiffany und Sydney in Verbindung setzen, um irgendwie an die Mannschaft ranzukommen«, überlegte Peter. »Soweit ich weiß, geht's schon morgen mit dem Training weiter, weil bald ein Mehrländerturnier ansteht.«
»Soll ich mitkommen?«, fragte Bob.
»Nein«, sagte Justus. »Du trägst alles zusammen, was sich zu den beiden Mannschaften, der W-League, den Spielerinnen, dem Trainerstab und so weiter finden lässt. Angesichts der dünnen Faktenlage brauchen wir sämtliche Informationen, die wir kriegen können.«
Bob seufzte. »Und einige davon gibt es nur in der Bibliothek. Meine Staublunge wird sich freuen.«
Justus erhob sich. »Noch irgendwelche Fragen? Nein? Dann gehen wir's an, Kollegen! Aber erst«, er hob die Nase und

schnupperte, »sollten wir uns für die kommenden Aufgaben stärken. Und wenn mich mein Geruchssinn nicht trügt, weht gerade der unverwechselbare Duft von knusprigen, goldgelben Pommes über den Schrottplatz. Kommt mit!« Er wandte sich dem Ausgang zu.

»Halt!«, rief Peter. »Hast du nicht was vergessen?«

Justus hielt inne. »Vergessen? Was denn?«

Peter ballte die Fäuste und setzte ein kämpferisches Gesicht auf. »Hey, Jupebo, hey!«

Adlernase

»Also dann, auf Wiedersehen!«

Salma Hutchinson lächelte müde. »Auf Wiedersehen.« Sie schloss die Tür.

Auf dem Weg zum Pick-up, den er sich von Onkel Titus geliehen hatte, betrachtete der Erste Detektiv das Foto, das ihm Salma mitgegeben hatte: Tommy auf dem Sofa, wie er Bubu knuddelte. Ein Plüschbärchen mit dickem Bauch, roter Baseballkappe und rotem T-Shirt. Vielleicht fiel einer der Erzieherinnen ja doch noch etwas zu dem betreffenden Tag ein, wenn er ihr das Bild zeigte. Oder einem der anderen Kinder. Manchmal half eine solche optische Unterstützung, um die Erinnerung auf Trab zu bringen. Justus stieg in den Pick-up. Tommys Kindergarten, die Tinker Tots Academy, lag am westlichen Ende von Malibu, nicht weit entfernt vom Lechuza Beach.

Salma hatte ihm vor seiner Abfahrt noch zugesichert, seinen Besuch telefonisch anzukündigen und die Erzieherinnen darum zu bitten, den Ersten Detektiv zu unterstützen. Aber die beiden Damen hatten sich sehr reserviert gezeigt.

»Wieso interessiert dich das, Tommy hat doch sein Bärchen längst wieder?«

»Gott, wir haben hier siebzehn Kinder! Glaubst du, ich kann mich an alles erinnern, was da eines vor einer Woche wann wo gemacht hat?«

»Ungewöhnliches bemerkt? Was meinst du mit ›ungewöhnlich‹? Was ist denn eigentlich los?«

»Die anderen Kinder fragen? Kommt gar nicht in die Tüte! Die Eltern machen uns die Hölle heiß, wenn hier jeder x-Beliebige mit ihren Sprösslingen sprechen darf. Wer bist du eigentlich?«

Nein, Mrs Rudolph und Miss Kildow waren keine große Hilfe gewesen. Vor allem Mrs Rudolph nicht. Ihr bohrender Blick und die große, rote Warze auf ihrer Nase hatten Justus ziemlich eingeschüchtert. Es waren sogar zwei Haare darauf gewesen.

Unschlüssig stand der Erste Detektiv auf dem Gehweg herum. Und jetzt? Er überlegte und beschloss dann, sich den Garten anzusehen, der sich auf der Rückseite des einstöckigen Gebäudes befand. Als Salma Tommy an jenem Tag abgeholt hatte, hatte Tommy im Garten gespielt. Daran hatte sie sich vorhin noch erinnern können. Das heißt, gespielt hatte er nicht. Er hatte geweint. Weil Bubu nicht mehr bei ihm gewesen war. Also hatte der Erpresser das Bärchen womöglich im Garten an sich gebracht.

Der Garten war ein umzäuntes Viereck, das an zwei Seiten an Nachbargärten und an einer an die Sea Cloud Lane grenzte. Eine Rasenfläche, zwei große Sandkästen, eine Spielburg mit Rutsche, drei Schaukeln, Büsche, Bäume. Im Moment waren die Kinder im Haus. Mittagsschlaf.

Der Erste Detektiv ging am Zaun entlang. Das Maschendrahtgeflecht reichte ihm bis über den Kopf. Für einen sportlichen Mann dennoch kein Problem, kurz darüberzuklettern, sich den Bären zu schnappen und wieder auf die Straße zu springen. Zehn Sekunden, mehr nicht. Und die Büsche und Bäume boten genügend Deckung. Justus setzte probehalber einen Fuß in die Maschen und zog sich ein Stück hinauf.

»Hey! Machst 'n du da?«

Er fuhr herum. Eine tiefe Stimme von der anderen Straßenseite. Er cntdeckte einen älteren Mann. Dicke Brille, Knollennase, an den Kopf geklatschte graue Haare, Wollweste. Er stand an einem offenen Fenster im Erdgeschoss des gegenüberliegenden Hauses und fuchtelte mit der Hand herum. Vor ihm auf dem Fensterbrett lag ein dickes Kissen.

»Keine Sorge, Mister!« Justus sah nach links und rechts und überquerte die Straße. »Alles in Ordnung.«

»Sah aber nicht so aus!« Der Mann machte ein grimmiges Gesicht. »Sollte 'n das, hä?«

Justus lief zu dem Fenster. »Guten Tag. Nein, wirklich, es ist alles in Ordnung. Hier.« Er reichte dem Mann eine ihrer Visitenkarten. »Ich wollte im Auftrag einer Mandantin nur etwas überprüfen.«

»Detektiv?«, knurrte der Mann und sah an Justus hinab. »Nich 'n bisschen jung dafür, hä?«

Der Erste Detektiv lächelte nur. Diesen Einwand kannte er zur Genüge.

»Was wolltste denn überprüfen, hä, Herr Detektiv?«

Justus' Blick fiel auf das dicke, grüne Kissen und den Kaffeepott daneben. Ihm kam eine Idee. »Mr …?«

»Pomeroy, Trevor Pomeroy.« Der Mann streckte die Hand aus dem Fenster, eine behaarte Pranke, in der Justus' Hand nahezu verschwand.

»Mr Pomeroy, beobachten Sie öfter, was hier so auf der Straße vor sich geht?«

»Kannste laut sagen, Junge. Die parken hier wie die Wilden! Und die Hunde erst! Wenn de da nich aufpasst, machen die dir hier 'n Klo aus der Wiese!« Er deutete nach vorn.
Justus drehte sich um. Der Grünstreifen, aha.
»Und dieses Gräffitti-Dings hatten wir auch schon mal an der Wand! Kann dir sagen!«
Der Erste Detektiv nickte betroffen. »Mr Pomeroy, vor etwa einer Woche. Ist Ihnen da womöglich jemand aufgefallen, der über den Zaun des Kindergartens da drüben geklettert ist? So wie ich es gerade versucht habe? Könnte so gegen fünf Uhr nachmittags gewesen sein.«
»Der Kerl mit dem Bären? Klar!«
Justus zuckte förmlich zusammen. »Sie haben ihn gesehen?«
»'türlich!« Pomeroy schleuderte seine Hand Richtung Zaun. »Dieser Rattenfurz stieg drüber, klaute dem Kleinen sein' Bären und machte sich aus dem Staub. Da lang, Richtung Hafen.« Er zeigte nach links.
»Aber … aber«, Justus fehlten die Worte, »können Sie den Mann beschreiben?«
»Zwanzig bis fünfundzwanzig Jahre, ungefähr eins achtzig groß, Brille, so 'n Flammen-Käppi auf der schwarzen Matte und 'ne Adlernase, wie ich noch keine gesehen hab. 'n echter Zinken, sag ich dir. Sitting Bull würde vor Neid erblassen.«
Unglaublich! Justus konnte sein Glück kaum fassen. »Haben Sie das denn jemandem gesagt? Im Kindergarten? Waren Sie drüben im Kindergarten?«
»'türlich! Wollt ich zumindest. Aber diese Tante«, Pomeroy griff sich an die Nase, »die mit dem Ei auf ihrem Rüssel, so 'n Riesenpickel, hat mich gar nicht erst ausreden lassen.

Meinte, ich soll mich um meine eigenen Sachen kümmern. Wahrscheinlich isse immer noch sauer, weil ich se mal angezeigt habe. Parkt ja auch, wie se will, die Trulla, nich wahr! Hör mir auf!«

Das Trainingsgelände der Strikers befand sich im Anderson Field, einem kleinen, parkähnlichen Areal am Ostrand des Occidental College. Als Peter dort ankam, liefen die Spielerinnen in kleinen Grüppchen um den Platz. Offenbar hatte das Training gerade erst begonnen und sie wärmten sich auf. Der Zweite Detektiv ließ sich ins Gras sinken und zählte die Mannschaft durch. Einige Spielerinnen fehlten, Sydney zum Beispiel.

Wenig später versammelten sich alle im Mittelkreis. Eine kurze Besprechung folgte. Peter ging davon aus, dass jetzt gleich das richtige Training begann. Spielzüge, Schusstechnik, Taktik, Standardsituationen, irgendetwas in der Art. Doch als sich der Kreis wieder auflöste, fingen zu seiner Überraschung ein paar der Spielerinnen an, sich zu dehnen. Der Rest holte sich Bälle aus dem großen Nylonsack und ging zu einem lockeren Passtraining über oder übte allein mit der Kugel. Doch kein richtiges Training heute? Peter erhob sich und wartete, dass Tiffany zu ihm hersah. Dann winkte er ihr und machte ein paar Schritte auf sie zu.

Tiffany winkte zurück und lief zur Seitenlinie. »Hi, Peter!«

»Hallo, Tiffany! Trainiert ihr heute gar nicht?«

Sie schüttelte den Kopf. »Nein, nur lockeres Auslaufen, Dehnen, wer will, nimmt sich 'nen Ball. Das Spiel gestern war anstrengend genug.«

»Kann ich mir vorstellen.«
»Was für ein Zufall! Gerade habe ich an dich gedacht!« Tiffany klemmte sich eine Haarspange fest. »Ich wollte dich nachher anrufen, um zu erfahren, was gestern noch auf dem Parkplatz los war. Mit der Schiedsrichterin, du weißt schon.«
Peter nickte. Dann erzählte er Tiffany, was sich gestern nach dem Spiel zugetragen hatte. Dass Salma erpresst wurde, behielt er jedoch noch für sich. Um Salmas willen und weil es im Moment sicher besser war, wenn nicht jeder von der Sache wusste.
»Wahnsinn!« Tiffany schüttelte den Kopf. »Die Arme! Das ist ja gerade noch mal gut gegangen. Aber ehrlich: Das, was die da zusammengepfiffen hat, war schon echt abgefahren.«
Peter lächelte.
Tiffany deutete auf den Ball in ihrer Hand. »Hast du Lust? Ein bisschen hin und her? Jeder eine Ballberührung, kein Bodenkontakt?«
»Klar.« Peter hatte sich wohlweislich Sportklamotten angezogen. Er streifte seine Jacke ab und kam mit Tiffany aufs Feld.
Sie stellten sich drei, vier Meter voneinander entfernt auf. Tiffany ließ den Ball auf den Boden fallen, fuhr mit der Schuhspitze darunter und lupfte ihn zu Peter.
Der Zweite Detektiv beförderte das Leder mit dem rechten Innenrist zurück. »Sag mal. Sydney? Ist die heute gar nicht da?«
»Nh, nh.« Tiffany nahm diesmal das Knie. »Ihre Großtante hat Geburtstag.«

»Die im Altersheim?« Peter musste zwei Schritte nach rechts machen, brachte den Ball aber einwandfrei zu Tiffany.
»Du kennst Beatrice?« Tiffany sprang hoch und köpfte.
Peter ging nach vorn, stieg hoch und köpfte ebenfalls. »Gewissermaßen. Ich hatte gestern am Telefon das Vergnügen. Irgendwie.«
Vollspann von Tiffany. Aber sie traf den Ball nicht richtig und er ging weit nach rechts. »Oh! Entschuldige. Tja, die Gute ist etwas durcheinander.« Sie grinste. »Aber total lieb. Ich war mit Sydney auch schon mal bei ihr. Bisschen plemplem, aber auf die wirklich süße Art.«
Peter lachte und kam deswegen erst an den Ball, als der schon einmal aufgesprungen war. Er stoppte ihn, bugsierte das Leder auf den Spann, ließ die Kugel senkrecht nach oben steigen und danach einmal auf jedes Knie tropfen. Mit der vierten Berührung schickte er das Spielgerät per Außenrist zu Tiffany.
»Ey! Das sah echt elegant aus!«, sagte sie anerkennend und schoss den Ball zurück. »Wie oft schaffst du es denn beim Tängeln?«
»Tängeln?« Peter versuchte es diesmal mit links und es klappte.
»Ballberührungen. Die Kugel in der Luft halten.«
»Ach das! Hundertzwanzig ist mein Rekord.«
»Hundertzwanzig? Toll!« Tiffany nahm den Ball mit der Hacke.
Der Zweite Detektiv staunte. »Wow!« Er musste den Ball mit der Brust annehmen und konnte dann erst weiterspielen. »Apropos Rekord.« Peter hielt die Gelegenheit für güns-

tig, um unverfänglich auf das Thema zu sprechen zu kommen, das ihn eigentlich hierhergeführt hatte. »Der Titel gestern ist euer größter Erfolg bisher, oder?«
Tiffany nickte und traf den Ball mit dem linken Innenrist. »Allerdings. Und ich kann es immer noch kaum glauben, dass wir es geschafft haben. Obwohl der Beigeschmack, von dem Sydney gesprochen hat, immer noch da ist.«
»Kann ich gut verstehen«, sagte Peter. Er köpfte wieder. »Ähm, wem von euch war der Titel denn am wichtigsten, würdest du sagen? Gibt es jemanden, der ihn mehr wollte als die anderen?«
Tiffany kam nicht an den Ball. Und sie machte auch nicht gleich weiter, sondern wartete. »Wie meinst du das? Jede von uns wollte den Titel.«
Peter zuckte die Achseln. »Natürlich. Dachte nur, dass … weiß nicht … er einer von euch vielleicht besonders wichtig war. Nur so.«
Tiffany zögerte und überlegte dann. »Ja, irgendwie … jetzt, wo du's sagst. Jessi war wirklich unheimlich scharf auf den Titel. Ja, Jessi. Sie wollte ihn unbedingt.«
»Jessi?«
»Unsere Torfrau und Spielführerin. Jessi Crawford. Sie kommt auch aus Rocky Beach. Ihrem Vater gehört die Bäckerei in der Chapala Street.« Sie hielt abermals inne, ihr Blick verdüsterte sich. »Und man munkelt, dass er dort auch ein illegales Wettbüro betreibt.«

Geflügelte Affen

»Voilà!« Justus hob den Deckel vom Topf. »Chili. Heiß, scharf und mit extraviel Bohnen!«
Peter sprang aus dem Sessel und hob die Hände wie zum Gebet. »Ah, Just, du bist mein Held! Ich habe den ganzen Tag nichts Richtiges in den Magen bekommen. Und dieses Chili duftet einfach göttlich.«
»Bob, im Schrank müssten doch Teller sein, oder? Löffel habe ich.« Justus zog das Besteck aus seiner Hosentasche.
Der dritte Detektiv sah in den Schrank über der kleinen Spüle der Zentrale. »Zwei Teller, eine Schüssel.« Er holte das Geschirr heraus und verteilte es. »Wie hast du das denn hinbekommen, dass Tante Mathilda dir erlaubt hat, das Essen hier mit reinzunehmen?«
»Ich habe ihr versprochen, dass du die zwanzig Badewannen draußen abschmirgelst.« Justus lupfte verschwörerisch die Augenbrauen. »So. Essen fassen, Kollegen! Cracker sind in der Packung da. Bob, du kannst schon mal loslegen.«
Während Justus das Chili verteilte und Peter die Cracker herausholte, begann Bob mit seinem Bericht. »Okay, also ich habe mir in der Bibliothek alles rausgesucht, was mir für unseren Fall wichtig schien. Artikel über die Mannschaften, die Vereine, Trainer und einzelne Spielerinnen, Vorberichte über die Partie gestern, Sportjournale, Ligabücher, Vereinsschriften und so weiter. Danke, Just.« Bob nahm seinen Teller, ließ sich von Peter ein paar Cracker geben und zog sich damit aufs Sofa zurück. »Aufregendes war da aber nicht

dabei. Zumindest ist mir nichts untergekommen, was irgendwie bemerkenswert gewesen wäre. Zum Thema Prämien habe ich gar nichts entdeckt«, Bob tunkte seinen Löffel in den Bohneneintopf, »und mir ist auch nichts anderes über den Weg gelaufen, was in irgendeiner Form lukrativ gewesen wäre. Werbeverträge oder mögliche Spielerwechsel ins Ausland oder so.« Der dritte Detektiv schob sich den Löffel in den Mund.

»Okay, danke dir, Bob. Dann macht –«

»Das Einzige«, unterbrach Bob den Ersten Detektiv, »ho, ist das heiß! Und scharf! Caramba!« Er holte mit offenem Mund hechelnd Luft. »Das Einzige, was ich ansatzweise merkwürdig fand, ist der Pokal.«

»Dieser scheußliche Pott?« Peter biss von seinem Cracker ab.

»Jepp. Es stand in einem Artikel über die New York Magics, die ihn zuletzt gewonnen haben und bei denen er bis vor Kurzem auch in der Vitrine stand.«

»Ist das Ding ein Wanderpokal?«, fragte Justus, auf dessen Stirn bereits Schweißtropfen standen. Das Chili war wirklich sehr gut gewürzt.

»Ja, ist er«, erwiderte Bob. »Aber das Besondere an ihm ist, dass er von einem doch recht bekannten Künstler entworfen und geschaffen wurde. Daron Lafferty.«

Peter schob sich einen weiteren Löffel Chili in den Mund. »Nof nie g'hört.«

»Er war Steinmetz und Goldschmied und stammte aus Ventura, ist aber schon gut vierzig Jahre tot.«

Justus schluckte hinunter. »Vierzig Jahre, hm. So grob erinnere ich mich, über ihn schon mal etwas gelesen zu haben.

Er war wohl kein weltbekannter Künstler, aber auch kein Niemand.«
Bob nickte. »Genau. Und daher fand ich es schon ein wenig bemerkenswert, dass der Pokal von ihm stammt.«
»Kennst du den Grund dafür?« Justus tunkte einen Cracker ein.
Der dritte Detektiv sah in seinen Teller und schüttelte den Kopf. »Nein, keine Ahnung. Darüber habe ich nichts gefunden.«
Justus kaute und sah nachdenklich ins Leere. »Okay, Zweiter. Was hast du?«
Der Zweite Detektiv berichtete seinen Freunden von seinem Trip zum Trainingsgelände und dem Gespräch mit Tiffany. »Ich dachte anschließend daran, ob wir vielleicht mal überprüfen, ob das mit dem Wettbüro von Jessis Vater stimmt, und uns da umhören. Aber ich glaube, das bringt nichts.« Peter schaufelte Fleisch und Paprikastücke auf seinen Löffel. »Ob und wer wie viel auf die Strikers gesetzt hat, bekommen wir ja doch nicht raus – und nur das würde uns weiterhelfen.«
»Das nicht«, bestätigte Justus, dessen Gesicht mittlerweile feuerrot glänzte. »Aber womöglich gibt es jemanden, nach dem wir uns dort im Speziellen umhören sollten.«
Der Erste Detektiv erzählte von Mr Pomeroy und dem jungen Mann mit der Adlernase. Peter und Bob lauschten mit zunehmendem Interesse.
»Das nenn ich doch mal einen echten Glückstreffer«, meinte der dritte Detektiv.
»Und er soll auch eine Kappe mit Flammen getragen haben«, sagte Justus.

»Die Strikers-Kappe!«, erinnert sich Bob. »Die hat doch Flammen!«
Justus nickte. »Von daher würde ich vorschlagen, dass wir uns einmal vorsichtig im Wettbüro von Mr Crawford umhören, ob dort ein junger Mann bekannt ist, auf den die Beschreibung zutrifft. Vielleicht ist das Glück ein weiteres Mal auf unserer Seite.«
Der Zweite Detektiv hatte die ganze Zeit nur schweigend und ein wenig abwesend zugehört. Er hielt immer noch einen Cracker in der Hand. »Zwanzig bis fünfundzwanzig Jahre, ungefähr eins achtzig, Brille, schwarze Haare und Hakennase. So sah der Typ aus, oder?«, fragte er nachdenklich.
Justus hielt im Kauen inne. »Exakt. Sagt dir das was?«
Der Zweite Detektiv nickte langsam. »Es könnte sein, dass ich dem Typen schon mal über den Weg gelaufen bin. Gestern, nach dem Spiel. Ich glaube, er hat am Spielereingang auf jemanden gewartet.«
Bob ließ seinen Löffel wieder sinken. »Am Spielereingang? Wenn das der Erpresser war, würde das unsere Vermutung bestätigen, dass er irgendwie mit der Mannschaft in Zusammenhang steht! Vielleicht ist er der Bruder oder Freund von einer der Spielerinnen! Hast du darüber mit Tiffany eigentlich auch gesprochen, Zweiter?«
»Woher hätte ich denn wissen sollen, dass das wichtig ist?«
Justus zeigte mit seinem Cracker auf Peter. »Worauf wartest du dann noch?«
»Äh, du hast doch noch Cracker?«
»Nein, ich meinte, dass du Tiffany anrufst, ob sie den Kerl vielleicht kennt.«

Der Zweite Detektiv stellte seinen Teller beiseite, griff zum Hörer und drückte den Knopf für den Lautsprecher, damit Justus und Bob mithören konnten. Aber Tiffany ging nicht ans Telefon und Sydney war laut ihrer Mutter gerade eben aus dem Haus gegangen. Sie war im Kino, irgendein Thriller mit Texas Lamarque.

»Sie wollte aber vorher noch mal bei Tante Bee vorbeifahren, weil sie ihr Handy dort liegen gelassen hat. Wenn es allerdings wieder sooo dringend ist, kannst du ja dort Bescheid sagen, dass sie dich anrufen soll?« Mrs Jordan gluckste leise.

Peter spürte, wie er rot wurde. »Äh, nein, Sie missverstehen mich … also, ich will nur …«

»Schon okay! Sag ihr einen lieben Gruß von mir, ja?« Mrs Jordan gab Peter noch die Nummer des Pflegeheims und legte auf.

Peter ebenfalls. »Na super!«

Justus und Bob grinsten einvernehmlich.

Das St. Matthews Nursing Home lag am nordwestlichen Stadtrand von Rocky Beach, keine zehn Minuten vom Schrottplatz entfernt. Deswegen und weil es nach dem Kino vermutlich zu spät war, um noch mit Sydney zu reden, beschlossen die drei Detektive, sie im St. Matthews abzufangen. Sie stellten ihr Geschirr in die Spüle und verließen die Zentrale über das Kalte Tor. Justus nahm sich noch die restlichen Cracker mit.

Aber sie hatten Pech. Als sie sich endlich bis zur »Frühlingswiese«, so hieß die Station, auf der Großtante Beatrice untergebracht war, durchgefragt hatten, war Sydney eben gegangen.

»Vor einer halben Minute ist sie raus!« Die Pflegerin deutete zu der großen Glastür, als könnte man dort noch etwas von Sydney sehen. Die Frau war bestimmt so groß wie Bob, hatte muskulösere Oberarme als Peter und Justus glaubte sogar den Ansatz eines flaumigen Bärtchens über ihrer Oberlippe zu erkennen.

»Mist!«, entfuhr es Peter.

»Was wolltet ihr denn von ihr?« Die Pflegerin, auf deren Namensschild HERMINE stand, blickte von einem zum anderen.

»Ach, wir wollten sie etwas Wichtiges –«

»Agatha!«

Die Jungen sahen nach rechts. Eine alte Frau war auf den Gang getreten. Winzig klein, in einem rosa Nachthemd, barfuß und mit grauen Haaren, die ihr in alle Richtungen vom Kopf abstanden. »Agatha!«, krächzte sie abermals, kam über den Gang gewatschelt und zwinkerte Hermine zu.

»Beatrice!« Hermine ging auf die Frau zu. Die Jungen folgten ihr langsam. »Sie wollten doch schlafen! Und Sie haben wieder keine Hausschuhe an!« Hermine wedelte mit dem Finger.

»Agatha!« Beatrice' Gesicht verdunkelte sich urplötzlich und sie sah sich furchtsam um. »Hammerköpfe! Ich hab sie gesehen!« Sie machte riesengroße Augen. »Sie waren da drin!« Ihr dünnes Fingerchen wies zitternd ins Zimmer.

Hermine drehte sich kurz zu den Jungen um. »Beatrice ist wirklich ein Goldschatz, aber der Alzheimer setzt ihr immer mehr zu. In jeder Frau glaubt sie ihre Schwestern Agatha oder Marion zu erkennen.« Sie schüttelte den Kopf. »Und überall sitzen Monster!«

»Da drin, Agatha!« Beatrice schien jetzt wirklich Angst zu haben. »Und Kampfbäume! Viele Kampfbäume! Sie wollen den Schatz! Alle!«
»Natürlich!« Hermine lächelte bestimmt und griff Beatrice sanft unter dem Arm. »Ich seh mir das mal an, ja?«
Beatrice wehrte sich. »Geflügelte Affen! Die wollen ihn am meisten, den Schatz! Nicht reingehen! Geflügelte Affen! Überall!«
»Beatrice, da ist doch nichts, hm? Die sind alle schon ins Bett gegangen! Die schlafen. Auch die geflügelten Affen.«
Auf einmal machte sich die alte Dame los und rannte auf Justus zu. Der Erste Detektiv wusste nicht, was er tun sollte, und blieb einfach stehen. Beatrice hakte sich bei ihm ein, stellte sich auf die Zehenspitzen und winkte ihn zu sich herab. Unsicher beugte der Erste Detektiv den Kopf.
»Du … du … du erinnerst dich doch an dein Versprechen, nicht wahr? Tust du doch, oder?« Sie schaute ihn fast flehentlich an.
»Ähm«, Justus lächelte ratlos, »Versprechen?«
Peter und Bob standen daneben, erstaunt, unentschlossen, genauso verwirrt wie ihr Freund.
Hermine kam zurückgelaufen. »Beatrice! Jetzt lassen Sie den armen Jungen doch in Frieden!«
»Toto!« Beatrice flüsterte jetzt nur noch. »Du wolltest mich mit zu Toto nehmen! Wenn die Winkie-Soldaten kommen!« Sie nickte heftig. »Wolltest mit mir nach China fahren! Ja!«

Ein Käfer leidet

Am nächsten Morgen trafen sich Peter und Bob um kurz nach zehn vor dem Haus des dritten Detektivs und fuhren gemeinsam zum Anderson Field. Wenn sie mit ihrer Vermutung recht hatten und ihr Verdächtiger wirklich in engem Kontakt zur Mannschaft stand, mussten sie an den Spielerinnen dranbleiben. Und sie unauffällig aushorchen.

»Wann geht das Training noch mal los?« Bob setzte den Blinker und bog auf den Harbor Freeway ab.

»Um halb elf«, erwiderte Peter und sog an seinem Milchshake. »Tiffany meinte gestern, dass das Training die ganze Woche auf diese Zeit angesetzt wurde.«

»Wegen dem Mehrländerturnier?«

»Genau.«

Der dritte Detektiv schaute über die Schulter und wechselte die Fahrspur. Dann schaltete er in den vierten Gang. »Die Sache mit Sydneys Großtante Beatrice ist schon ziemlich heftig, oder? Ich meine, im ersten Moment muss man schon lachen, wenn man die alte Dame so erlebt.« Bob ging in den Beatrice-Modus. »Agatha! Marion! Hilfe, Kampfbäume!« Er wedelte wild mit einer Hand herum. »Aber wenn man dann weiß, was dahintersteckt …«

Peter nickte. »Ich habe zwar wie üblich nur die Hälfte von dem verstanden, was Just uns gestern Abend noch über Alzheimer erzählt hat. Aber was ich verstanden habe, hörte sich gar nicht gut an.«

Bobs Gesicht wurde ernst. »Echt tückisch, diese Krankheit.

Es beginnt ganz schleichend, man vergisst mal das eine oder andere. Wo man die Brille hingelegt hat, einen Namen, eine Telefonnummer, die man sonst immer wusste. Aber mit der Zeit kann man sich immer weniger merken, viele Betroffene benehmen sich auch zusehends merkwürdig und irgendwann weißt du nicht mal mehr, dass deine Tochter deine Tochter ist.«

Peter runzelte die Stirn. »Oder deine Krankenschwester nicht deine richtige Schwester. Gruselig.«

Bob nahm die Abzweigung zum Golden State Freeway. »Und das Schlimmste ist, dass man bis heute nicht weiß, was der Grund für diese Krankheit ist, und deswegen auch noch kein wirklich hilfreiches Mittel dagegen gefunden hat. Die Forschung tappt total im Dunkeln.«

Der Zweite Detektiv sah zum Fenster hinaus, schwieg eine Weile. Eine riesige Reklametafel mit lächelnden jungen Menschen in knackigen Trainingsklamotten warb für ein neues Fitness-Studio: FOREVER YOUNG HEALTH CLUB. »Wenigstens schlägt diese Krankheit meist erst im Alter zu. Und soweit ich das beurteilen kann, geht es Beatrice ja ganz gut.«

»Sie macht sogar einen ausgesprochen fröhlichen Eindruck«, sagte Bob. »Wenn nicht gerade Kampfbäume und geflügelte Affen ihr Zimmer bevölkern.«

Jetzt musste Peter doch grinsen. »Oder ihr ihren Schatz abluchsen wollen.«

»Genau.« Auch Bob lächelte. »Wir sind gleich da. Da vorne muss ich runter. Mach dich schon mal startklar, Freddy.« Er sah zur Seite und blinzelte verwirrt. »Oder bist du mein Großvater Richard?«

Als die beiden Detektive am Anderson Field eintrafen, war das Training der Strikers bereits in vollem Gange. Und heute wurde richtig trainiert. Im Augenblick absolvierten die Spielerinnen eine Fitness-Übung. Sie hetzten dazu durch einen Parcours von Hütchen, sprangen über einen niedrigen Kasten, grätschten unter einer Stange hindurch, sprinteten den ganzen Weg zurück und klatschten dann die nächste Spielerin ab. Die rannte los, während sich hinter ihr schon die dritte bereit machte. Zwei Teams gegeneinander. Im Moment lagen beide noch nahezu gleichauf.
Peter und Bob setzten sich auf eine der niedrigen Bänke, die an der Längsseite des Platzes aufgestellt waren. Als Sydney Peter entdeckte, zwinkerte sie ihm kurz zu und der Zweite Detektiv winkte zurück.
»Wie wollen wir denn vorgehen? Hast du eine Idee?« Bob beugte sich nach vorn. »Wir können ja schlecht zu jeder Spielerin hingehen und fragen, ob ihr Freund eine Brille, schwarze Haare und 'ne Hakennase hat und in seiner Freizeit Schiedsrichterinnen erpresst.«
»Ich dachte, dass wir Sydney einweihen«, erwiderte Peter. »Soweit ich weiß, hat sie im Moment keinen Freund. Bei ihr können wir also nichts falsch machen. Und wenn wir sie bitten, die Sache für sich zu behalten, dann macht sie das auch.«
»Kennst du sie so gut?«
Peter zuckte die Schultern. »Ich hoffe.«
Das Team, dem Tiffany angehörte, gewann den Fitnesszirkel knapp. Die siegreichen Spielerinnen klatschten sich ab und verschnauften ein wenig, während die Trainerin die nächste Übungseinheit vorbereitete: Kopfballtraining. Vom

Elfmeterpunkt aus mussten die Mädchen Bälle aufs Tor köpfen, die ihnen die Trainerin zuwarf. Und die Torfrau sollte natürlich vereiteln, dass die Dinger reingingen.

»Da ist Jessi.« Bob nickte unauffällig zu der jungen Frau, die zwischen den Pfosten stand. Brauner Pferdeschwanz, dunkle Augen, groß gewachsen. »Bin gespannt, ob Just im Wettbüro ihres Vaters etwas rausfindet.«

»Wenn das jemandem gelingt, dann unserem Ersten«, entgegnete Peter. »Wahrscheinlich gibt er sich als Inspektor der Spielbehörde aus und alle gehen vor ihm in die Knie.«

Bob lachte. »So ungefähr wird er das wohl –« Der dritte Detektiv verstummte. »Peter!«, zischte er und sah vor sich auf den Boden. »Sieh jetzt nicht hin! Aber auf der anderen Seite des Platzes, ein Stück rechts, unter dem großen Baum. Steht da nicht unser Typ?«

Peters Kopf zuckte nach oben. »Was?«

»Nicht hinsehen!«

»Aber woher soll ich's dann wissen?« Der Zweite Detektiv blickte ein gutes Stück weiter nach rechts, zum Tor, in dem sich Jessi gerade nach einem Ball streckte. Dann bewegte er nur die Augen wieder zurück nach links.

»Das ist er!«, flüsterte er aufgeregt. »Ganz bestimmt! Mit dem Kerl bin ich zusammengestoßen!«

»Und die Beschreibung passt, oder?« Bob starrte immer noch zu Boden.

»Unbedingt!«

»Was machen wir?«

Der Zweite Detektiv überlegte. »Hingehen. Ganz harmlos. Wir unterhalten uns mit ihm. Hi, wir kennen uns doch! Ich bin Peter, erinnerst du dich? Unlängst am Stadion unser Zusammenstoß. Bamm! Das ist Bob. Und du? So in der Art. Vielleicht finden wir heraus, wie er heißt.«

»Okay!« Bob nickte. »Versuchen wir's.«

Die beiden Detektive standen auf. Umrundeten ganz gemächlich das Spielfeld. Die Hände in den Taschen, so als wollten sie sich einfach mal die Beine vertreten. Vom vielen Sitzen und so. Schlenderten hinter dem Tor vorbei, taten so, als unterhielten sie sich, lachten. Der fremde Mann blieb, wo er war. Angelehnt an den Baum, beobachtete er das Treiben auf dem Spielfeld. Schusstraining. Von der Strafraumgrenze. Einer der Bälle ging daneben. Peter stoppte ihn gekonnt, schoss ihn zurück. Haha. Alles easy.

Aber urplötzlich – Peter und Bob hatten gerade die Spielfeldecke auf seiner Seite erreicht – sah der Mann auf seine Uhr, drehte sich um und ging.

»Nicht! Bleib hier!«, presste Peter durch seine Zähne. »Nicht gehen!«

»Er geht direkt auf die Autos da vorne zu.« Der dritte Detektiv nickte zur Coons Road, wo auch er vorhin seinen Käfer abgestellt hatte.

»Wir müssen ihm folgen!« Peter zog Bob nach rechts.

Der Mann stieg tatsächlich in eines der Autos, einen alten, staubigen Chrysler. Bob klemmte sich hinters Steuer und ließ den Käfer an. Als der Fremde aus der Parklücke fuhr, nahm er die Verfolgung auf.

Auf dem College-Gelände galt eine Geschwindigkeitsbegrenzung: dreißig Stundenkilometer. Aber als der Chrysler die angrenzende Campus Road erreicht hatte, gab er Gas.

»Okay, Bob, jetzt gilt's! Lass ihn nicht entwischen!«
»Ich geb mein Bestes.«
Die Fahrt führte zunächst Richtung Westen. Der dritte Detektiv achtete darauf, nicht an einer der vielen Ampeln abgehängt zu werden. Das war ihnen schon öfters passiert. Andererseits durfte er auch nicht zu dicht auffahren, wenn sie nicht bemerkt werden wollten.
»Kannst du das Nummernschild erkennen?« Peter deutete nach vorn. Im Moment waren nur zwei Fahrzeuge zwischen ihnen und dem Chrysler, der eben die Spur gewechselt hatte.
»Nein, ich sehe da gar nichts.«
»Die Schilder sind total verdreckt!« Peter kniff die Augen zusammen. »Ich kann eine Vier erkennen. Und ein B. Oder ist das eine Acht? Keine Ahnung.«
York Boulevard, Eagle Rock Boulevard, Glendale Freeway, Harbor Freeway, Santa Monica Freeway. Es ging immer weiter nach Westen. Nach Südwesten, Richtung Küste.
»Am Ende kommt der Typ noch aus Rocky Beach«, unkte Peter.
»Telefoniert der da gerade?« Bob beugte sich nach vorn, äugte durch die Windschutzscheibe.
»Sieht so aus«, bestätigte Peter. »Aber jetzt legt er auf.«
Und dann drückte der Chrysler urplötzlich aufs Tempo. Er schoss quer über zwei Fahrspuren hinweg und jagte links an den anderen Autos vorbei.
»Mist!« Bob trat aufs Gaspedal.
»Hat er was gemerkt?«
»Entweder das oder ihm ist gerade eingefallen, dass er zu Hause die Herdplatte angelassen hat.«

»Verflixt! Drück drauf, Dritter, drück drauf!«
Bob blies die Backen auf. »Wenn das mal gut geht!«
Hundertzwanzig, hundertfünfundzwanzig, hundertdreißig Stundenkilometer. Der Chrysler flog förmlich über den Freeway. Bobs Käfer röhrte und klapperte, als würde er sich jeden Moment in seine Einzelteile auflösen. Und dennoch verloren sie Meter um Meter.
»Wir heben gleich ab!«, rief Bob besorgt.
»Egal! Wir müssen dranbleiben!«
»Das macht meine alte Lady aber nicht mehr lange mit!«
Peter hielt sich am Türgriff fest. Er konnte förmlich fühlen, wie sich die Schrauben lockerten. »Warum, zum Geier, ist auch kein Verkehr? Andauernd steckt man im Stau, und wenn man mal einen braucht, ist keiner da! Mann!«
»Da scheppert was!«
»Ich seh ihn kaum noch.«
»Im Motor!«
»Ist er das da vorne?«
»Der fliegt uns jede Sekunde um die Ohren, ich muss langsamer fahren, Peter!«
»Nein, der Typ da vorne kann das nicht ewig durchhalten!«
»Aber mein –«
Eine Sirene heulte auf. Hinter ihnen. Ein kurzes Japsen nur, aber es drang Bob durch Mark und Bein. Im Rückspiegel blinkten blaue und rote Lichter auf einem weißen Autodach.

Eine Stunde später trafen die beiden Detektive wieder auf dem Anderson Field ein. Der Mann war ihnen durch die Lappen gegangen, aber nun waren sie sich sicher: Der Kerl hatte etwas mit der Mannschaft zu tun. Und was das war, wollten sie jetzt unbedingt herausfinden. Schließlich würde sie diese Erkenntnis das Taschengeld für einige Monate kosten …

Und sie erfuhren auch, was sie wissen wollten: Der Mann war der neue Freund von Jessi Crawford. Dumm war nur, dass keine der anderen Spielerinnen Näheres über ihn wusste. Jessi und er waren angeblich erst seit knapp zwei Wochen zusammen. Und dumm war auch, dass Jessi nicht mehr da war. Sie habe, so Sydney, einen Anruf auf ihrem Handy erhalten und danach das Training abgebrochen. Anschließend sei sie sofort losgefahren.

Eine Bulldogge auf Irrwegen

Der Erste Detektiv grübelte immer noch, als er sein Rad am Busbahnhof abstellte. Kampfbäume, geflügelte Affen, Winkie-Soldaten. Woher nur kannte er diese Wesen? Die waren ihm doch schon einmal begegnet. In einem Film? Oder einem Buch? Einem Lied? Zu seinem Verdruss hatte am Morgen das Internet nicht funktioniert. Probleme beim Provider. Sonst hätte er die Begriffe durch eine Suchmaschine gejagt und sicher gefunden, was ihm jetzt partout nicht einfallen wollte. Warum kam er bloß nicht drauf? Sein Gedächtnis hatte ihn doch sonst nie im Stich gelassen? Für einen Moment zuckte das Wort »Alzheimer« durch Justus' Gehirn und er musste lächeln. Hatte es ihn jetzt auch erwischt? Doch das Lächeln verflüchtigte sich sofort wieder. Denn lustig war an dieser Krankheit nichts.

Auf dem Weg in die Chapala Street hatte er dann sein Glück in dem Internet-Café versuchen wollen, das gegenüber vom Busbahnhof lag. Aber das hatte geschlossen. Familienfeier. Ausgerechnet.

Dabei lag ihm der Film fast auf der Zunge! Oder das Buch oder das Lied eben. Und was hatte Peter gesagt, als er vor zwei Tagen mit Sydney telefoniert hatte? Krähen, Spinnen und böse Hexen. Davon habe Beatrice im Hintergrund gesprochen. Auch das passte irgendwie dazu. Oder doch nicht?

Justus sperrte sein Rad ab und steckte den Schlüssel in die Tasche. Ja, es war wirklich wie verhext, dass ihm das nicht einfiel. Grimmigen Gesichts überquerte er den Busbahnhof,

stapfte an einigen Geschäften entlang und bog dann in die Chapala Street.
Die Bäckerei von Jessis Vater befand sich ein Stück die Straße hinab. Von außen wirkte alles völlig normal. Die Beschriftung, die Auslage, der Duft, der aus der offenen Tür strömte. Und auch die drei Kunden im Inneren hatten auf den ersten Blick nichts Ungewöhnliches an sich. Eine junge Frau, die Brot kaufte, zwei Männer, die an einem Stehtisch einen Kaffee tranken. Doch schon beim zweiten Hinsehen erkannte Justus, dass einer der Männer einen Wettschein ausfüllte.
Justus improvisierte blitzschnell. Fragen brachten ihn jetzt nicht weiter. Er tat einfach so, als wüsste er Bescheid, und ging forsch auf eine Tür an der Stirnseite des Verkaufsraums zu. Die Bedienung an der Kasse sah kurz auf, sagte aber nichts. Der Erste Detektiv zog die schwere Stahltür auf und trat ein.
Volltreffer! Ein kleines, verrauchtes Hinterzimmer mit zwei abgeklebten Fenstern, einer Art Bar mit Annahmeschalter auf der rechten Seite, ein paar einfachen Tischen und Stühlen und etwa einem halben Dutzend Bildschirmen an den fleckigen Wänden, über die alle möglichen Sportveranstaltungen flimmerten. Justus zählte fünf Männer. Drei hockten an Tischen und lasen in Zeitschriften oder starrten auf die Mattscheiben, einer stand an der Bar und füllte einen Zettel aus, hinter dem Tresen polierte ein Kahlkopf Whiskygläser. Ihr Verdächtiger war nicht vor Ort. Aber mit so viel Glück hatte Justus auch nicht gerechnet. Dann traf ihn der Blick des Kahlkopfes. Der Erste Detektiv gratulierte sich im Stillen

dazu, in weiser Voraussicht das Rad in einiger Entfernung vom Laden abgestellt und sich mit Anzug, weißem Hemd und Bobs Ersatzbrille auf erwachsen getrimmt zu haben. Justus gab sich so gelassen wie möglich. Er nickte dem Mann zu und schlenderte langsam durch den Raum, den Blick scheinbar auf den Monitor gerichtet, der eben ein Fußballspiel aus Europa zeigte. Manchester gegen Birmingham.
Der Kahlkopf sah, offenbar beruhigt, wieder weg und Justus musterte unauffällig die anwesenden Männer. Wen konnte er am ehesten ein wenig ausfragen? Wer sah so aus, als wäre er öfters hier? Der Typ mit dem Pferdeschwanz? Etwas zu alt für ihre Adlernase. Der mit der zerrissenen Jeans? Recht zwielichtig. Dieser junge Hibbelige, der dauernd auf seinem Stift herumkaute? Ja, der sah recht gesprächig aus. Justus ging langsam auf ihn zu.
Aber noch bevor er bei dem jungen Mann angekommen war, stellte sich ihm auf einmal ein riesengroßer Schatten in den Weg. Schwarzes T-Shirt, schwarzes Jackett. Wo kam der Typ auf einmal her? Justus starrte auf einen Brustkorb, der ihm breiter vorkam als ihr Fernseher zu Hause. Er blickte nach oben.
»Hallo!« Auch das Gesicht war breit. Platte Nase, hängende Lider, groooße Ohren. Justus musste unwillkürlich an eine Bulldogge denken.
»Ähm, hallo!« Der Erste Detektiv hob dämlicherweise auch noch die Hand. Cool war anders.
»Neu hier?« Auch die Stimme war die einer Bulldogge. Denn eigentlich war das gar keine Stimme, es war eher ein Bellen. Ein tiefes Bellen.

»Jou, mal 'n bisschen umsehen.« Nicht gut!, schoss es Justus durch den Kopf und er machte eine abrupte Kehrtwende. »Das heißt, nee. Einmal war ich schon hier.« Sonst funktionierte der Plan ja nicht, den er sich zurechtgelegt hatte.
»Also was jetzt? Ja oder nein?« Die Bulldogge lächelte noch breiter. Was nicht wirklich freundlich wirkte.
»Wie gesagt, einmal.« Der Erste Detektiv hatte sich wieder halbwegs im Griff.
»Aha. Hab dich aber noch nie hier gesehen.«
»Vielleicht waren Sie nicht hier?«
»Ich bin immer hier.«
»So? Das trifft sich gut.« Justus gab sich selbstsicher. Obwohl sich seine Knie anfühlten, als wären sie aus Gummi. »Ich such nämlich jemanden.«
»Aha. Tust du. Und wen?« Der Mann verschränkte die Arme. Ach was, Arme! Das waren Baumstämme!
»Tja.« Justus kratzte sich am Kopf. »Das ist das Problem. So 'n Typ, den ich kennengelernt habe, als ich das eine Mal hier war. Wir haben da gesessen«, Justus zeigte zu einem der Tische, »und uns ein Basketballspiel angeguckt. Die Bulls gegen die Mavericks. Haben 'ne kleine Privatwette abgemacht. Leider hatten die Mavericks keinen guten Tag und sind ziemlich eingegangen. 86 : 112.« Der Erste Detektiv machte ein bekümmertes Gesicht. »'ne gehörige Packung! Aber noch blöder war, dass ich nicht genug Kohle dabeihatte. Und jetzt bin ich hier, um dem Typen sein restliches Geld zu geben.« Er sah sich um. »Aber ich sehe ihn nicht.«
Bulldogge nickte. »Vielleicht kann ich dir helfen? Wie heißt der Typ denn?«

»Keine Ahnung! Ich wollte den Kerl ja nicht heiraten.«
»Verstehe. Und wie sah er aus?«
»Puh!« Justus tat, als überlegte er. »Wie sah er aus? Um die fünfundzwanzig, schwarze Haare, bisschen größer als ich und, ach ja, 'n Mordszinken im Gesicht! So eine Tröte!« Er ahmte Mr Pomeroy nach und griff sich an die Nase.
Bulldogge machte große Augen. »Das ist Ernie! Ganz klar! Der alte Ernie! Er ist im Hinterzimmer und spielt Billard. Kohle kann der alte Ernie immer gebrauchen. Der wird sich freuen!« Bulldogge lächelte wie Miss California. »Komm mit, ich bring dich zu ihm!«
Dieses Lächeln hätte den Ersten Detektiv eigentlich stutzig machen müssen. Das passte nicht zu Bulldogge. Viel zu nett. Und es machte Justus auch stutzig. Aber das wusste er erst, als es zu spät war.
Bulldogge lotste ihn vorbei an den anwesenden Spielern durch den Raum, öffnete eine unscheinbare Tür neben dem Schalter, die Justus vorhin nicht bemerkt hatte, und schob ihn in ein weiteres Zimmer. Dort standen keine Billardtische. Nur Regale mit Unmengen Papier, ein Tisch mit leeren Bierdosen und einem vollen Aschenbecher, ein paar Stühle.
Der Erste Detektiv drehte sich um. »Aber wo –«
Bulldogge schloss die Tür und kam auf Justus zu. Jetzt lächelte er nicht mehr. Ganz und gar nicht. Er sah vielmehr so aus, als würde er jeden Moment zubeißen.
»Setz dich!« Er schubste den Ersten Detektiv grob auf einen der altersschwachen Holzstühle. Dann beugte er sich nach unten und kam ganz nah an Justus' Gesicht heran. »So, Freundchen!«

Dem Ersten Detektiv blieb bei der Fahne fast der Atem weg. Was immer Bulldogge heute Morgen gegessen hatte, gesund war das nicht gewesen. »Hören Sie, ich –«

»Du hörst mir zu, Chubby Jack!«

»Chubby wer?« Justus wusste im ersten Moment nicht, ob er verwirrt oder empört sein sollte. Chubby Jack? Moppeliger Jack? Moppelig!? Dabei hatte er in letzter Zeit doch streng darauf geachtet, immer nur ein Mal Nachschlag zu nehmen! Moppelig!

»Tu nicht so!« Bulldogge tippte ihm auf die Brust. »Du bist Chubby Jack, der neue Geldeintreiber von Giacomo. Lucinda hat mir von dir erzählt. Schnieke Kleidung, bisschen Speck auf den Hüften, Gesicht wie 'n Grundschüler. Du bist es, ganz klar.«

»Ich bin –«

»Klappe! Also, Chubby! Geh zu Giacomo und sag ihm, dass er sein Geld schon kriegt! Hat er bis jetzt jedes Mal bekommen, klar! Aber wenn er uns noch mal seinen Geldeintreiber schickt, sehen wir das als Beleidigung. Und dann, mein lieber Chubby«, Bulldogge lächelte wieder sein Miss-California-Lächeln, »zerbeule ich ihm so die Karosserie, dass ihm keine Werkstatt mehr helfen kann. Sag ihm das! Verstanden?«

Karosserie? Justus blinzelte verwirrt. Karosserie. Kampfbäume, geflügelte Affen, Karosserie. Warum brachte er diese Dinge nur – natürlich! Karosserie!

»Ob wir uns verstehen, habe ich gefragt?« Bulldogge kam noch ein Stück näher.

»Ja, ja«, beeilte sich der Erste Detektiv, bevor ihm der Mundgeruch ohnmächtig werden ließ, »wir verstehen uns. Alles klar. Ich sag's Giacomo.«

»Das will ich hoffen. Und jetzt Abmarsch!« Bulldogge zog Justus vom Stuhl und bugsierte ihn zur Tür. »Schönen Tag noch, Chubby Jack!«

Der Erste Detektiv erwiderte nichts mehr. Er war in Gedanken bereits ganz woanders. Bei Spinnen, Krähen, den ganzen anderen Wesen. Und einem aus Blech. Wie die Karosserie eines Autos. Hoffentlich hatte der Provider seine Probleme mittlerweile behoben!

Zu Hause angekommen, begab sich der Erste Detektiv sofort über das Kalte Tor in die Zentrale. Er warf den Computer an, noch bevor er sich hingesetzt hatte.

»Ja!«, jubelte Justus leise, weil er wieder ins Internet kam. Er gab ein paar seiner Suchbegriffe ein und drückte auf ENTER. Das Ergebnis erschien im Bruchteil einer Sekunde auf dem Bildschirm.

»Da war's! Natürlich! Meine Güte, wie konnte ich das vergessen!«

Grinsekatze

Der Erste Detektiv öffnete den an oberster Stelle stehenden Eintrag und las den Artikel. Immer wieder schüttelte er dabei den Kopf. Unglaublich. Da waren sie alle beieinander. Wobei Beatrice nur die Gegenspieler erwähnt hatte. Nein, nicht ganz, erinnerte sich Justus. Sie hatte auch Toto genannt. Aber nicht den Blechmann, nicht Dorothy, nicht die Vogelscheuche und auch nicht den feigen Löwen.
Justus lehnte sich zurück und knetete seine Unterlippe. Ein Tick von ihm, wenn er scharf nachdachte. Warum nur die Gegenspieler? Kampfbäume, Spinne, Krähen, die böse Hexe und so weiter. Warum überhaupt diese Figuren? Wieso erinnerte sich Beatrice daran? Schließlich dürfte es schon eine ganze Weile her sein, dass sie den Film gesehen hatte. Aber dann fiel dem Ersten Detektiv ein, dass das für die Krankheit, an der Beatrice litt, nicht untypisch war. Es war oft die Erinnerung an die jüngere Vergangenheit, die zuerst verblasste. Aber dafür fielen den Patienten Dinge ein, die Jahrzehnte zurücklagen und die alle anderen schon längst vergessen hatten.
Was aber immer noch nicht erklärte, warum Beatrice so auf die Bösewichte fixiert war. Sie hatte ja richtiggehend Angst vor ihnen gehabt. Weil das bei ihr als kleinem Mädchen ebenso gewesen war? Und weil deswegen diese Gestalten den nachhaltigsten Eindruck hinterlassen hatten? Kramte Beatrice gerade ihre Kleinmädchen-Erinnerungen hervor? Wurde sie selbst –

Feiger Löwe. Justus hielt irritiert inne. Warum fiel ihm auf einmal der feige Löwe ein? Ah ja, der war ihnen ja schon über den Weg gelaufen. Aber nicht, weil ihn Beatrice erwähnt hatte. Der Löwe auf dem Pokal, das war es gewesen. Doch der hatte nicht feige, sondern eher dämlich dreingeblickt. Oder doch feige?

Der Erste Detektiv spürte, wie er unruhig wurde. Hatte das irgendetwas miteinander zu tun? Die beiden Löwen? Schließlich war Beatrice die Großtante einer der Spielerinnen, die das Spiel gewannen, und wegen dieses Spiels war Salma von dem Kerl erpresst worden. Wofür sie immer noch kein Motiv hatten. Justus klemmte sich wieder hinter die Tastatur. Surfte im Netz, gab dieses ein, suchte jenes, las, sammelte Informationen. Gerade als er draußen Bobs Käfer auf den Schrottplatz rollen hörte, wurde er fündig.

Justus zuckte förmlich vom Bildschirm zurück. »Das ist ja ein Ding!«

Kurz darauf betraten Peter und Bob die Zentrale. Beide wirkten müde und geknickt. Dem dritten Detektiv entging dennoch nicht, dass Justus bester Laune war.

»Was ist denn mit dir los?« Bob nahm eine Packung Orangensaft aus dem Kühlschrank und machte sie auf. »Hat dir jemand einen Liebesbrief geschrieben?«

Justus lächelte milde. »Setzt euch, Kollegen. Und erzählt! Konntet ihr etwas herausfinden?«

Peter nickte. »Ja. Wir wissen jetzt, was es kostet, wenn man statt hundertfünf hundertdreißig fährt.«

Die beiden berichteten Justus von ihren niederschmetternden Erlebnissen auf dem Trainingsplatz und dem Freeway.

»Du siehst, Erfolg auf der ganzen Linie.« Bob lächelte ironisch.
»Hat deine Tante oder dein Onkel irgendeine Arbeit für uns?«, fragte Peter. »Ich bin so was von pleite, ich würde alles machen.«
Justus dachte nach. »Zumindest wissen wir jetzt mit Bestimmtheit, dass sich unser Erpresser im Umfeld der Mannschaft bewegt. Kannte denn von den anderen Spielerinnen auch keine den Namen des Mannes?«
»Doch«, sagte Peter. »Er hat mehrere. Süßer, Schatz, Liebling, Schnuckiputz. So hat ihn Jessi genannt. Such dir einen aus.«
»Scherzkeks. Interessant wäre jetzt noch, ob jener Anruf, den Jessi erhalten hat, von ihm kam.«
»Zeitlich würde es zusammenpassen«, sagte Bob. »Sydney meinte, dass Jessi so gegen 12.15 Uhr nach dem Handy gegriffen hat, das in der Tasche hinter ihr im Tor lag. Alle hätten sich amüsiert, weil Jessi unbedingt rangehen wollte. Während des Trainings. Schnuckiputz und so.«
»Du denkst, die stecken unter einer Decke?«, fragte Peter Justus.
»Ich meine gar nichts, ich sammle nur Informationen.« Der Erste Detektiv gönnte sich eine Spannungspause. »Und davon habe ich für euch einige, die äußerst vielversprechend sind.«
»Nämlich?« Bob trank noch einen Schluck.
»Ich war ja vorhin in jenem Wettbüro.« Justus berichtete nun seinerseits über den Besuch im Wettbüro von Jessis Vater und die Unterhaltung mit Mr Bulldogge. »Und da wurde

es mir klar! Karosserie! Blechmann! Der Zauberer von Oz!« Er blickte erwartungsvoll in die Runde.
Peter setzte sich auf. »Der hat dich Chubby Jack genannt?«
»Ja, aber darum geht es doch jetzt nicht! Versteht ihr? Beatrice' Gestalten stammen alle aus dem Zauberer von Oz!«
»Moppeliger Jack!« Der Zweite Detektiv grinste verhalten. »Wie ist er nur darauf gekommen? Du bist doch schlank wie eine Gazelle!«
Justus verdrehte die Augen. »Hätte ich bloß nichts gesagt!«
Bob nickte nachdenklich. »Du hast recht. Die geflügelten Affen haben mir als Kind immer einen Heidenschreck eingejagt. Ich erinnere mich.«
»Ja, ja, jetzt, wo ihr's sagt.« Peter machte ein düsteres Gesicht. »Die Kampfbäume, die waren heftig! Und die Winkie-Soldaten! Aber den feigen Löwen habe ich geliebt.«
Justus zeigte mit dem Finger auf ihn. »Und um den geht es! Seht her!« Er drehte sich zum Bildschirm um. »Mir fiel auf, dass wir es im Verlaufe des Falles ja schon einmal mit einem Löwen zu tun hatten, ohne dass ihn Beatrice erwähnt hätte.«
Bob runzelte die Stirn. »Der dämlich dreinblickende Löwe auf dem Pokal?«
»Nicht dämlich! Feige! Aber ja, den Löwen meine ich. Ich fragte mich, ob es vielleicht irgendeinen Zusammenhang gäbe, und siehe da!« Der Erste Detektiv zeigte auf den Monitor. »Es gibt ihn!«
Peter und Bob kamen näher und lasen, was Justus im Internet gefunden hatte. Ihre Augen wurden dabei mit jeder Zeile größer.
»Das ist ja irre!« Peter war baff.

»Und du meinst ...?« Bob schaute Justus ungläubig an.
»Könnte durchaus sein! Wir wissen, dass Daron Lafferty den Pokal einst schuf. Dass jedoch nicht er ihn der W-League zur Verfügung gestellt hat, ergab sich allein daraus, dass Lafferty vor über vierzig Jahren gestorben ist. Es war, siehe Artikel«, Justus wies auf den Monitor, »seine Tochter Beatrice, die sich zeit ihres Lebens für Fußball begeisterte und den Pokal dann der neu gegründeten W-League gestiftet hat.«
»Und Beatrice hatte zwei Schwestern.« Peter las die betreffenden Zeilen noch einmal. »Agatha und Marion Lafferty.«
»Das muss unsere Beatrice sein!«, war Bob überzeugt. »Sydneys Großtante.«
»Finden wir es heraus.« Justus sah Peter an. »Zweiter?«
»Ja, ja, schon klar.« Peter schlurfte zum Telefon. »Ich hoffe, diesmal ist gleich Sydney dran. Ihre Mutter würde mich wahrscheinlich nach dem Hochzeitstermin fragen.«
»Aber was hat das jetzt mit unserem Fall zu tun?«, überlegte Bob, während Peter wählte.
»Hat Beatrice nicht von einem Schatz gesprochen?«, fiel Peter ein. Das Freizeichen ertönte.
»Bei Beatrice sitzen die geflügelten Affen auch auf der Gardinenstange in ihrem Zimmer«, wandte Bob ein. »Das mit dem Schatz muss gar nichts heißen.«
»Vielleicht gibt es keine Verbindung«, sagte Justus. »Aber im Moment müssen wir jedem Hinweis nachgehen. Und zumindest tut sich hier eine Koinzidenz auf, die durchaus interessant ist.«
»Wer tut sich – oh, Sydney! Hallo! Peter hier.«
Die drei Detektive hatten mit ihrer Vermutung recht. Bea

trice *war* die Tochter von Daron Lafferty. Und sie *hatte* den Pokal gestiftet.

»Peter, was ist los?« Sydney klang besorgt. »Ihr seid doch hinter irgendetwas her. Und es hat irgendwie mit uns zu tun. Deine Anrufe, euer Besuch im Altenheim, auf dem Trainingsgelände. Allmählich mache ich mir echt Sorgen.«

Der Zweite Detektiv warf seinen Freunden einen fragenden Blick zu. Beide nickten.

»Hör zu, Sydney. Hast du jetzt Zeit? Können wir vorbeikommen?«

»Ja. Ich bin hier. Ja.«

Zwanzig Minuten später saßen die drei ??? bei den Jordans im Wohnzimmer. Sydneys Mutter war auch dabei, ihr Vater war noch bei der Arbeit. In kurzen Worten schilderten die drei Jungen, was sich in den letzten Tagen ereignet hatte und warum sie sich so für Beatrice interessierten.

»Erpressung?« Sydney fiel aus allen Wolken. »Die Schiedsrichterin wurde erpresst?«

»Ja«, bestätigte Justus, »aber aus Angst um ihren Sohn durften wir die Polizei nicht einschalten und haben erst einmal eigene Ermittlungen angestellt.«

»Und ihr denkt, Jessi hängt da mit drin? Niemals!« Sydney überkreuzte die Hände. »Auf keinen Fall!«

Claire Jordan, Sydneys Mutter, blickte schon eine Weile gedankenvoll in eine imaginäre Ferne. »Mom hat damals auch eine Vase bekommen«, sagte sie plötzlich leise. »Mit der Grinsekatze drauf.«

Leseratten

Die drei ??? wandten sich Sydneys Mutter zu.
»Bitte?«, fragte Bob.
»Und auf der von Tante Marion war der Tiger. Glaube ich. Ja, der Tiger war's.«
»Mrs Jordan?«, sagte Justus. »Wovon bitte sprechen Sie?«
Sydneys Mutter, eine Dame mit schulterlangen braunen Haaren, fein gezeichneten Lippen und wasserblauen Augen, um die erste Fältchen sichtbar wurden, holte ihren Blick wieder zurück. »Entschuldigt. Ich war in Gedanken. Es ist schon unendlich lange her und ich weiß es auch nur, weil mir Mutter ein paarmal davon erzählt hat.« Sie lächelte die drei ??? an. »Sydney, der Tee müsste jetzt gezogen haben. Gießt du uns bitte ein?«
»Natürlich, Mom.« Sydney stand auf und nahm das Teesieb aus der Porzellankanne. Dann füllte sie nacheinander die Tassen auf dem Tisch.
»Es muss das letzte oder vorletzte Weihnachten im Zweiten Weltkrieg gewesen sein«, fuhr Mrs Jordan fort. »Meine Mutter und ihre beiden Schwestern, Beatrice und Marion, bekamen jede von Großvater Daron eine Vase geschenkt. Auf der von Mom war die Grinsekatze, auf Marions der Tiger und auf Tante Bees Vase der Löwe. Neben einigen anderen Tierchen und Pflanzen. Da ist alles Mögliche auf den Vasen.«
»Und … die Vase Ihrer Tante Beatrice ist der Pokal, den Sydneys Mannschaft gewonnen hat?« Peter wusste das zwar

schon, fand den Umstand aber angesichts der Geschichte, die er gerade gehört hatte, noch merkwürdiger als vorher.

»Das ist der Pokal.« Claire Jordan nickte und hob ihre Tasse zum Mund. »Trinkt, Jungs. Der Tee wird sonst kalt.«

Bob trank einen Schluck. Ein Chili-Minz-Schokolade-Tee. Nicht so sein Fall. »Und warum hat Ihre Tante den Pokal der W-League gestiftet?«

»Tante Bee war ein Wirbelwind, die lebendigste der drei Schwestern. Kann man ja heute noch sehen.« Claire lachte leise. »Und sie schwärmte schon immer für Fußball. Zum Leidwesen von Opa Daron hat sie sogar angefangen zu spielen.« Sydneys Mutter schmunzelte. »Opa Daron hätte es viel lieber gesehen, wenn sie Malerin oder Sängerin geworden wäre. Aber Tante Bee schlug sich lieber die Knie auf und warf sich in den Matsch.«

»Mom, der Pokal!«, ermahnte Sydney ihre Mutter.

»Ja, natürlich, Schatz.« Claire zwinkerte ihrer Tochter zu. »Tante Beatrice spielte also mit Begeisterung Fußball, sogar ansatzweise professionell, und lernte irgendwann Terry Soundso kennen, den späteren Präsidenten der W-League. Ich weiß den Namen nicht mehr. Und es wusste auch keiner so recht, was da lief, aber ich glaube, es war mehr als nur Freundschaft. Na ja«, Claire zuckte die Schultern, »irgendwann muss ihr Terry erzählt haben, dass er noch einen Pokal für die neue Liga bräuchte, und da hat sie ihm die alte Vase gegeben. Schön waren die Dinger ja nie und Tante Beatrice fand wohl, dass ihre Vase keine bessere Verwendung finden konnte, als als Pokal in der Vitrine einer Frauenfußballmannschaft zu stehen.«

»Aber es war doch ein Weihnachtsgeschenk ihres Vaters!«, empörte sich Sydney.

Claire warf ihrer Tochter einen nachsichtigen Blick zu. »Weißt du, irgendwann landen die meisten Dinge, die du als Kind heiß und innig geliebt hast und von denen du dir nie vorstellen konntest, dass du sie mal hergibst, im Sperrmüll oder auf dem Speicher. Im Vergleich dazu hat es die Vase von Tante Bee gar nicht so schlecht getroffen.«

Sydney zog die Stirn in Falten und murrte etwas Unverständliches.

»Und was hatte es mit den Tieren auf sich?«, fragte Bob. »Löwe, Katze, Tiger? Warum sind die auf den Vasen?«

»Ich denke, das liegt auf der Hand«, erklärte Justus, bevor Claire etwas entgegnen konnte. »Gehe ich recht in der Annahme, dass Ihre Tante Beatrice als Kind für den Zauberer von Oz geschwärmt hat? Und Ihre Mutter für Alice im Wunderland?«

Claire machte ein erstauntes Gesicht. »Ja! Woher weißt du das?«

»Ihre Tante hat so ziemlich alle Gestalten aus dem Zauberer von Oz aufgezählt, als wir Sydney im Altenheim besucht haben. Sie muss die Geschichte geliebt haben.«

»Im Moment bevölkern geflügelte Affen ihr Zimmer«, ergänzte Peter.

»Oje!« Claire nickte bekümmert. »Das wird immer schlimmer. Ich weiß nicht, wo das noch enden soll. Tante Bee geht es zwar so weit gut, aber ihre Fantasie macht mit ihr immer mehr, was sie will.«

»Ich würde eher sagen, ihre Erinnerung«, wandte Justus ein.

»Du hast recht. Wobei es im Augenblick vor allem Erinnerungen aus ihrer Kindheit sind. Und ja, sie hat den Zauberer von Oz geliebt.« Claire stellte ihre Tasse ab. »Und wie kommst du auf Alice?«
»Die Grinsekatze«, antwortete Justus.
»Wow!« Claire schien beeindruckt. »Ihr seid wirklich auf Draht! Mom war ganz vernarrt in die Grinsekatze. Sie wünschte sich deswegen unbedingt auch ein Kätzchen und war dann ziemlich enttäuscht, als ihr Großvater mitteilte, dass Katzen in Wirklichkeit nicht grinsen.«
Sydney lachte. »Die Geschichte kannte ich noch gar nicht.«
Bob fiel etwas ein. »Tiger! Ich kenne nur ein Kinderbuch, in dem ein Tiger vorkommt. Das Dschungelbuch. Der Tiger heißt Sherkan oder so.«
»Shir Khan«, korrigierte ihn Claire. »Das Dschungelbuch war tatsächlich Marions Leib-und-Magen-Lektüre. Aber die drei Mädchen haben auch sonst alles gelesen, was ihnen in die Finger kam. Sie waren richtige Leseratten.«
Peter schob den Unterkiefer nach vorn und stimmte mit tiefer Stimme das berühmte Lied aus der Dschungelbuch-Verfilmung an: »Ich bin der König im Affenstall, der größte Klettermax! Oh dubidu, ich wäre gern wie duhuhu!«
Alles lachte.
»Das bist du tatsächlich«, sagte Bob. »Der König der Affen!«
Justus ging noch etwas im Kopf herum. »Was ich nicht ganz verstehe, ist der Umstand, dass Ihr Großvater seinen Töchtern Vasen schenkte. Ich meine, wie alt war Ihre Mutter damals? Um die zehn? Ich kenne wenige Mädchen in diesem Alter, die sich zu Weihnachten eine Vase wünschen.«

»Du kennst gar keine Mädchen in dem Alter«, sagte Peter.
Justus verzog unwillig den Mund. »Sie wissen, was ich meine, Mrs Jordan, nicht wahr?«
»Ich weiß, was du meinst«, erwiderte Claire. »Und Mom war damals neun Jahre alt. Die Vasen«, ihr Blick bekam etwas Verklärtes, »waren so eine Art Auftragsarbeit.«
Bob blinzelte verwundert. »Eine Auftragsarbeit?«
»Ja, die Mädchen hatten nämlich ein Geheimnis, müsst ihr wissen. Ihren Schatz, wie sie es nannten.«
»Schatz!« Peter saß auf einmal senkrecht. »Davon hat Ihre Tante gesprochen. Also stimmte das! Es gibt einen Schatz?«
Claire schmunzelte. »Ja, gab es. Aber bei drei Mädchen um die zehn gehe ich weniger von Gold und Brillanten aus als vielmehr von glitzernden Haarspangen und bunten Steinen, die sie irgendwo aufgelesen hatten. Genaueres weiß ich aber auch nicht.« Sie zwinkerte Peter fröhlich zu. »Jedenfalls beauftragten sie Großvater, ihnen drei Dinge zu schenken, die zusammen«, sie hob den Finger, »und nur zusammen, das war ihnen ganz wichtig, den Weg zu ihrem Schatz zeigten.« Sie hielt inne. »Wartet mal, ich glaube, mir ist gerade etwas eingefallen.«
Claire stand auf und ging zu einem Bücherregal. Sie tippte ein paar der Bücher an, nahm dann eines heraus und kam damit zur Sitzecke zurück. »Hier. Eine Biografie über Großvater. Uralt, längst vergriffen und vermutlich nur dreimal verkauft.« Sie lächelte. »Aber irgendwo sind Bilder von den Vasen.« Sie blätterte vor und dann wieder zurück. »Ah, hier, da sind sie!« Sie überreichte Justus das Buch. Peter und Bob traten dazu, um sich die Fotos anzusehen.

»Großvater hat sie fotografiert, bevor er sie den Mädchen schenkte, wie alle seine Arbeiten. Wo war ich gerade?«

»Irgendetwas mit Weg zum Schatz zeigen«, sagte Bob und ging noch näher an die Abbildungen heran. »Geschenke von Daron Lafferty an seine drei Töchter« stand darunter.

»Ah ja. Die Mädchen teilten Großvater ganz genau mit, was auf dem jeweiligen Geschenk drauf sein sollte. Tiere, Pflanzen, Gesichter und so weiter. Tja, und da Großvater Goldschmied war, hat er jedem seiner ›Gänseblümchen‹, wie er seine Töchter gerne nannte, eben eine Vase gemacht, auf der er die jeweiligen Hinweise unterbrachte. Etwas eigenwillig, aber typisch Großvater.« Claire zwinkerte abermals.

Justus nickte. »Verstehe.«

»'n bisschen dubidu«, sagte Peter.

Sydney lachte und Claire zuckte die Schultern. »Ein geheimnisvolles Weihnachtsgeschenk für drei überaus fantasievolle Mädchen.«

»Wo sind denn die beiden anderen … Vasen im Moment?«, wollte Bob wissen.

Claire musste nicht lange überlegen. »Im Heimatkundemuseum von Ventura. Nach Moms und Tante Marions Tod haben wir sie dorthin gebracht. Die Dinger waren nicht wirklich hübsch, das seht ihr ja auf den Bildern. Die reinsten Staubfänger. Und das Museum hat sich darüber gefreut.«

»Eine letzte Frage noch«, sagte Justus. »Kennen Sie außer dem Hund von Dorothy aus dem Zauberer von Oz noch jemanden, der Toto heißt?«

Sydneys Mutter dachte nach. »Nein, nicht dass ich wüsste.«

Hungrige Läuse

Der Erste Detektiv schaute noch einen Augenblick nachdenklich vor sich hin. Dann wandte er sich seinen Freunden zu: »Kollegen, wenn wir uns beeilen, schaffen wir es vielleicht noch nach Ventura. Wir sollten uns die beiden anderen Gefäße einmal genauer ansehen. Und bei Salma Hutchinson können wir auf dem Rückweg auch noch vorbeifahren und Bericht erstatten.«

Sydney stellte die Tassen zusammen. »Denkt ihr, diese Vasen haben irgendetwas mit der Erpressung der Schiedsrichterin zu tun?«

Justus zuckte die Schultern. »Ich könnte im Moment nicht sagen, was. Aber im gegenwärtigen Stand unserer Ermittlungen gilt es einfach, alle Indizien zusammenzutragen. Oft kristallisieren sich in einem Fall zweckdienliche Anhaltspunkte und Verdachtsmomente erst in der Synopse aller Hinweise heraus.«

Sydney und ihre Mutter schauten den Ersten Detektiv verwirrt an.

Peter gab sich verständnisvoll. »Manchmal packt es unseren Justus einfach und dann rutschen ihm solche Wörter und Sätze heraus. Es ist ziemlich schmerzhaft, er ist aber in Behandlung deswegen.«

Justus warf seinem Freund einen finsteren Blick zu. »Wir müssen dann mal. Vielen Dank für den Tee! Mrs Jordan, könnten wir uns die Biografie vielleicht ein paar Tage ausleihen?«

»Aber natürlich.« Claire reichte ihm das Buch und die drei Jungen brachen auf.
»Ach, Sydney!« Bob drehte sich an der Haustür noch einmal um. »Weißt du, wo wir Jessi finden können?«
»Zu Hause?«
»In der Chapala Street?«
Sydney zögerte kurz. »Nein, da wohnt sie schon lange nicht mehr. Wartet.« Sie holte ihr Handy und schlug dort Jessis Adresse nach. »Hier, Pearl Street Nummer 87. Da wohnt sie.«
Bob schrieb Adresse und Telefonnummer auf einen Zettel. »Und sagst du ihr bitte, wenn du sie siehst oder mit ihr sprichst, dass sie sich bei uns melden soll? Hier ist unsere Karte.«
Sydney nahm die Visitenkarte der drei Detektive entgegen. »Mach ich. Aber wie gesagt.« Ihr Gesicht wurde ernst. »Ich bin felsenfest davon überzeugt, dass Jessi nichts damit zu tun hat.«
Die Jungen erwiderten nichts. Zu oft schon hatten sie erfahren, dass Menschen zwei Gesichter haben konnten. Sie verabschiedeten sich von Sydney und ihrer Mutter und machten sich dann auf den Weg nach Ventura. Während der Fahrt unterhielten sich die drei ??? über das zurückliegende Gespräch. Die Dinge kamen ins Rollen, so Justus' Gefühl.
»Und außerdem habe ich das Gefühl, dass da vorne ein Stau kommt.« Der Erste Detektiv zeigte auf die roten Rücklichter der Wagen vor ihnen. Fünfzehn Sekunden später hatten sie das hintere Ende des üblichen Feierabendstaus auf dem Highway Number One erreicht und standen erst einmal.
»War ja so was von klar!« Bob trommelte entnervt aufs Lenk-

rad. »Wenn du keinen Stau brauchst, bekommst du die volle Ladung.«
Peter, der gerade in sein schlaues Büchlein vertieft gewesen war, sah nach vorn. »In der Synopse dieses Umstandes und der fortgeschrittenen Zeit würde ich sagen: Es kristallisiert sich heraus, dass das mit dem Museum eng wird.«
Justus drehte sich verwundert nach hinten um und erkannte das Büchlein. »Und ich dachte schon, hinter mir wäre die Intelligenz explodiert.«
»Wollte nur mal wissen, wie es sich anfühlt, wenn man so redet.«
»Und?«
»Als würde man Chubby Jack heißen.« Der Zweite Detektiv grinste.
Sie schafften es nicht mehr. Um drei Minuten. Der pummelige Museumswärter hatte noch den Schlüssel in der Hand, mit dem er eben die gläserne Eingangstür zugesperrt hatte. Aber alles Flehen und Bitten konnte den Mann nicht erweichen.
»Morgen ist auch noch ein Tag, Jungs. Das Zeug da drin läuft euch nicht davon.« Der Pummel winkte ihnen freundlich zu und verschwand dann im Dunkel des Museumsflurs.
»Was ein Pech aber auch!«, schimpfte Bob. »Und haufenweise Sprit umsonst verfahren.«
»Ärgerlich, aber nicht zu ändern.« Justus drehte sich um. »Besuchen wir Salma.«
Doch Salma Hutchinson war nicht zu Hause. Auf das mehrmalige Klingeln der Jungen tat sich nichts und sie ging auch nicht ans Telefon.

»Also Feierabend, Kollegen.« Peter steckte die Hände in die Taschen seines Sweatshirts. »Beine hoch, einen Happen essen, Fußball gucken. Sie übertragen nachher ein Spiel der Galaxies gegen die Portland Timbers.«

»Sensationell.« Justus sah auf seine Uhr, überlegte. »Dritter, wie lange hat die Bibliothek in Rocky Beach auf?«

»Bis um acht.«

»Das schaffen wir. Ich würde da gerne noch etwas nachsehen.«

»Ach komm schon, Just!«, jammerte Peter. »Ich habe Hunger, bin todmüde, will heim zu Mama.«

Der Erste Detektiv schenkte ihm einen mitleidigen Blick. »Ein in der Synopse bedauernswerter Zustand, Zweiter, aber Chubby Jack hat noch etwas vor!«

Diesmal war der Staugott auf ihrer Seite. Was allerdings auch daran lag, dass um diese Zeit viel weniger Verkehr *nach* Los Angeles als in die andere Richtung herrschte. Justus nutzte die Zeit und sah sich Laffertys Biografie etwas genauer an. Auf dem Buchrücken fand er ein Bild von Daron Lafferty. Er zwinkerte fröhlich und war unverkennbar Claires Großvater. Die gleichen Gesichtszüge. Über die drei Vasen stand ein kurzer Artikel in dem Buch: »… Geschenk für Beatrice, Agatha und Marion … haben sich die drei Mädchen gewünscht … nach ihren Angaben von Lafferty gefertigt … Weihnachten 1944 …« Auf der Aufnahme der drei Vasen entdeckte Justus außer Löwe, Tiger und Grinsekatze noch etliche weitere Tiergestalten. Aber sie waren zu klein, um Genaueres erkennen zu können.

Als Bob den Käfer auf seinem bevorzugten Parkplatz hinter

der Bibliothek von Rocky Beach abstellte, war es kurz vor halb acht. Noch konnte Peter auf einen entspannten Fußballabend hoffen.

»Und ich werde auch nicht allzu lange brauchen«, sagte Justus und nahm die Stufen zum Eingang.

Im Lesesaal setzte sich der Erste Detektiv an einen der Computer und öffnete den digitalisierten Katalog der Bibliothek.

»Wonach suchst du?«, fragte Peter.

»Seht ihr gleich.« Justus scrollte eine Seite nach unten. »Danach!« Er zeigte auf den Bildschirm. »739.15, 739.15. Bob, wo ist das?«

Der dritte Detektiv hatte früher aushilfsweise in der Bibliothek gearbeitet und kannte sich daher noch sehr gut aus. »Müsste da oben sein. Galerie, erster Stock, links hinten. Kommt mit.«

Die drei Jungen liefen ans hintere Ende des Lesesaals, erklommen die schmale Wendeltreppe und wandten sich oben nach links. Bob lief voraus und überprüfte dabei die Signaturhinweise auf den Stirnseiten der langen Regalreihen. »739.13 bis 739.16. Hier müssen wir rein!« Er bog nach links in eine der Regalgassen ab.

Die massiven Holzregale reichten fast bis an die Decke der Galerie. Hunderte und aberhunderte Bücher sahen auf die Jungen herab, die meisten hier oben etwas älter, wie Peter auffiel. Dem Staub auf den Stellflächen nach zu urteilen, war hier schon lange niemand mehr gewesen.

»Hier sind wir richtig.« Der dritte Detektiv blieb vor einem Regal auf der rechten Seite stehen. »739.15, 739.15.« Er orientierte sich an den Signaturen auf den Buchrücken und stellte sich auf die Zehenspitzen. »Scheint weiter oben zu sein, vielleicht brauchen wir die Leiter.« Er ging mit dem Finger die Bücherreihe durch, die er gerade noch erreichen konnte. »Nein, es muss doch hier irgendwo sein.« Bob suchte einen Regalboden tiefer. »KU … KY …«

Auf einmal stutzte Peter. »Hier war jemand!«

»Was meinst du?«, fragte Justus.

»Der Staub.« Der Zweite Detektiv zeigte auf eine Stelle rechts von ihnen. »Da links und überall sonst liegt er meterdick, aber hier hat jemand ein Buch herausgezogen.«

»Unser Buch!« Bob war die Signaturen durchgegangen. Er zog das Buch heraus, ein in braunes Leder gebundenes, nicht allzu dickes Buch. »739.15, LA! Das ist es.«

Justus nahm es ihm aus der Hand und schlug es auf. »Die Biografie über Daron Lafferty.«

»War es das, was du nachsehen wolltest?«, fragte Bob. »Ob jemand in letzter Zeit die Biografie von Daron Lafferty gesucht hat?«

»Ja, wobei es mich nicht wundern würde …« Justus blätterte weiter nach hinten.

»Dann hatten wir aber echt Glück mit dem Staub«, meinte der Zweite Detektiv. »Wie hätten wir sonst erfahren sollen, dass jemand anderes vor Kurzem das Buch in der Hand hatte?«

»Dadurch!« Justus tippte in das aufgeschlagene Buch und hielt es seinen Freunden hin. »Die Seiten fehlen. Die Seiten mit den Vasen und dem kurzen Eintrag darüber.«

»Du hast recht!«, staunte Bob. »Die hat jemand rausgerissen!«

»Das oder die Staubläuse hier oben sind extrem hungrig«, sagte Justus. »Aber ich tippe auf Ersteres. Hier wollte jemand vermeiden, dass man seinen Namen über die Ausleihe in Erfahrung bringen kann.«

»Du meinst unseren Erpresser«, stellte Peter klar.

»Ich würde darauf wetten.«

»Und wieso reißt er die Seiten aus dem Buch?«, wunderte sich Bob.

»Um sie irgendwo genauer untersuchen zu können. Vermutlich erhofft er sich schon aus den Bildern und dem Text genügend Aufschluss«, erwiderte Justus.

»Aufschluss? Aufschluss worüber?«

»Das, Kollegen, gilt es herauszufinden. Glücklicherweise sind wir im Besitz eines anderes Exemplars, dem wir mit allen Mitteln der detektivischen Kunst zu Leibe rücken werden.«

Auf dem Rückweg in die Zentrale fuhren die drei Detektive bei Jessi vorbei. Aber niemand antwortete auf ihr Klingeln. Danach ging Peter noch in die Bäckerei, fragte nach Mr Crawford und erkundigte sich als Freund von Jessi nach ihrem Verbleib. Er hätte noch ein paar DVDs von ihr, die er ihr gern wiedergeben würde. Doch auch Jessis Vater wusste nicht, wo sich seine Tochter derzeit aufhielt. Mr Crawford bekam aber sicherheitshalber keine Karte von Peter, sondern nur die Telefonnummer der Zentrale. Jessi könne ihn dort erreichen.

Als sie schließlich die Zentrale betraten, blinkte dort tatsächlich der Anrufbeantworter. Eine Nachricht von Jessi? Ihrem Vater? Sydney? Justus drückte auf den Knopf.

»Ähm, hallo Jungs, hallo. Hier ist Salma. Salma Hutchinson. Jungs, bitte, ich … ich möchte meinen Auftrag zurückziehen. Bitte unternehmt nichts mehr! Der Erpresser, er hat wieder angerufen. Hat mich gefragt, ob ich zur Polizei gegangen bin.« Ein leises Schluchzen war zu hören. »Ich hab ihm gesagt, nein, da war ich nicht, ganz bestimmt! Aber er hat mir nicht geglaubt. Hat gesagt, dass ihm Typen hinterherspioniert haben, junge Typen, zwei, heute auf dem Fußballplatz. Und er hat gesagt«, wieder schluchzte Salma, »wenn er herausfindet, dass die irgendwas mit der Polizei zu tun haben, dann geht's meinem Tommy schlecht. Bitte! Unternehmt nichts mehr, ja? Gar nichts mehr! Ich möchte das nicht mehr! Das müsst ihr mir versprechen! Bitte!«

Grillenhirn

Die drei Jungen sahen sich beunruhigt an. Justus griff zum Telefon.

»Ja? Hallo?« Salma klang immer noch verängstigt.

»Mrs Hutchinson. Justus Jonas hier, von den drei Detektiven. Wir haben eben Ihre Nachricht abgehört. Mrs Hutchinson, wir können Sie wirklich gut verstehen, aber wir sind der Meinung, dass Sie gerade jetzt –«

»Nein!«, unterbrach ihn Salma schroff. »Wir müssen darüber nicht mehr reden.«

»Aber Mrs Hutchinson, wir sind dem Täter –«

»Nein! Hörst du? Nein!«

Auch zwei weitere Versuche des Ersten Detektivs, sie in ihrer Entscheidung noch einmal umzustimmen, blieben erfolglos. Salma Hutchinson bestand darauf, dass die drei ??? ihre Ermittlungen einstellten. Keine Nachforschungen mehr, keine Befragungen, gar nichts.

»Keine Diskussion! Klar? Es geht um Tommy!«

»In Ordnung. Wie Sie wünschen. Auf Wiederhören.« Ratlos und ein wenig enttäuscht legte Justus auf. Da war nichts zu machen. Salma Hutchinson war ihre Auftraggeberin. Und wenn sie es sich anders überlegte, war das allein ihre Sache.

»Und … wenn wir auf eigene Faust ermitteln?«, schlug Bob vor.

Justus schüttelte den Kopf. »Das können wir nicht machen. Nein, nach dem gegenwärtigen Stand der Dinge war es das, Kollegen. Wo kein Auftraggeber, da kein Detektiv.«

»Mann!«, ärgerte sich Peter. »Dabei sind wir gerade so schön in Fahrt gekommen!«
Die drei Jungen saßen noch einige Zeit in ihrer Zentrale zusammen und sprachen über die zurückliegenden Ereignisse. Selbst Peter wollte noch nicht nach Hause. Die Lust auf Fußball war ihm vergangen und das Problem mit dem Hunger ließ sich mittels einer Tüte Jalapeño-Doritos lösen, die sich noch ganz hinten im Hängeschrank fand. Doch alles Reden änderte nichts an der Tatsache, dass sie ihren Fall los waren. Kurz nach zehn brachen Peter und Bob schließlich auf und verließen die Zentrale.
Justus rief noch die Mails ab – drei Junkmails, zweimal Post von Fans und der Newsletter einer landesweiten Detektivvereinigung – und fuhr dann den Rechner runter. Rückte das Mobiliar ein wenig zurecht, löschte das Licht und betrat über die Wohnwagentür den kurzen Wellblechtunnel, der zum Kalten Tor führte. Er wollte eben die Tür des riesigen Kühlschranks aufdrücken, als diese wie von Geisterhand aufging.
»Just!«
»Peter? Bob? Was macht ihr denn schon wieder hier?«
»Hol eine Taschenlampe und kommt mit!«, befahl Peter.
»Eine Taschenlampe? Was ist denn –«
»Komm schon!«
Der Erste Detektiv schaute verdutzt, drehte sich dann um und holte eine große Stablampe aus der Zentrale. Bob hielt derweilen die Kühlschranktür auf. Danach liefen die drei ??? zum Roten Tor. Der Zweite Detektiv schob die Zaunlatten zur Seite und ließ Justus und Bob durch den geheimen Zu-

gang zum Schrottplatz passieren. Draußen auf dem Gehweg steuerte der dritte Detektiv geradewegs auf seinen Käfer zu, der nur wenige Meter weiter links parkte. Auf dem Schrottplatz selbst war vorhin kein Platz gewesen, weil Onkel Titus eine größere Ladung alter Fahrräder bekommen hatte, die dort kreuz und quer herumlagen.

»Sieh dir das an, Erster!« Bob stellte sich neben das Beifahrerfenster und Justus schaltete die Taschenlampe an.

»Was zum Teufel …«

»Dieses Grillenhirn hat die Scheibe zertrümmert!« Der dritte Detektiv zeigte auf die demolierte Scheibe. »Und im Kotflügel ist auch eine Beule! So ein Mist!«

»Welches Grillenhirn?« Justus kam näher.

Peter öffnete die Beifahrertür. »Auf dem Sitz lag dieser Zettel hier.« Er reichte Justus einen postkartengroßen Papierfetzen, der von einem größeren Bogen abgerissen worden war. Doch es war kein Papier, sondern eher eine Art dünne Pappe beziehungsweise Karton. Oder doch dickes Papier?

»HALTET EUCH RAUS, SONST SEID IHR DRAN!«, las Justus. »Hm, eine deutliche Warnung.«

»Aber die hätte er doch auch unter den Scheibenwischer klemmen können!«, regte sich Bob auf. »Mann!«

»Vermutlich wollte der Typ uns auch materiell einen Denkzettel verpassen.« Der Erste Detektiv drehte das Blatt um. Seltsam. Justus führte den Zettel näher an seine Augen.

»Als wenn das Auto was dafür könnte!« Bob beugte sich über den Beifahrersitz und fing an, die Scherben aufzusammeln.

»Was ist?«, fragte Peter und stellte sich neben Justus.

»Das Fetzen stammt aus einer Art Kalender. Obwohl … ein

Kalender ist das nicht. Keine Tage oder Tageszeiten. Aber hier, die Linien und Kästchen. Irgendwoher kenne ich das.«

»Zeig mal.« Peter warf einen Blick darauf. »Ein bisschen wie aus einer Excel-Tabelle, oder?«

»Ja, genau. Aber das Papier ist so dick. Und ich glaube, es ist auch nicht weiß, sondern gelb. Das kann ich aber unter der Taschenlampe nicht erkennen.«

»Hier liegt irgendwas«, sagte Bob in diesem Moment. Der dritte Detektiv kniete auf dem Beifahrersitz und hing kopfüber im Fußraum. »Leuchte mal hier unten rein, Just.«

Justus kam näher und ließ den Strahl seiner Taschenlampe unter den Sitz wandern.

»Ein Stock«, sagte Bob. »Ich … hab ihn … gleich«, ächzte er und streckte sich. »Jetzt.« Er mühte sich aus den Untiefen seines Wagens und richtete sich auf.

»Eher ein Knüppel«, meinte Peter. »Sieht ein bisschen aus wie ein Schlagstock. Nur aus Holz, nicht aus Hartgummi.«

»Du hast recht«, pflichtete ihm Bob bei. »Wahrscheinlich hat der Kerl damit das Fenster zertrümmert und dann ist ihm der Knüppel ins Auto gefallen und er hat ihn nicht mehr rausfischen können. Vielleicht ist er gestört worden.«

»Lass mal sehen.« Justus besah sich den Gegenstand genauer.

»Ich glaube, hier sind auch Blutspuren.« Peter ging ganz nah an die gezackten Glasreste an der Unterkante des Fensters heran. Im Lichtkreis der Taschenlampe waren dort deutlich dunkle, verschmierte Schlieren auszumachen. »Hier, seht ihr. Der Kerl wollte sich sicher den Knüppel wiederholen und hat sich dabei verletzt.«

»Kein Knüppel«, sagte Justus, der das Objekt immer noch

begutachtete. »Meiner Meinung nach handelt es sich hierbei um einen sogenannten Belegnagel. Damit hat man früher Taue und Seile auf Schiffen an der Reling befestigt. Eignet sich aber auch hervorragend, um damit zuzuschlagen.«

Peter zog die Stirn in Falten. »Belegnagel. Habe ich noch nie gehört.«

»Verwendet wird das heute auch nicht mehr. Jetzt schlingt man die Seile um sogenannte Klampen.«

»Soso.«

»Wisst ihr was, Kollegen?« Auf Bobs Gesicht zeigte sich wieder der Ansatz eines Lächelns. Eines grimmigen Lächelns. »Ein Gutes hat die ganze Sache aber.«

»Nämlich?« Peter sah ihn verständnislos an.

»Hiermit sind wir wieder im Geschäft! Ich bin mir ziemlich sicher, dass Mr Grillenhirn derselbe ist, der Salma erpresst hat. Wer sonst sollte uns diese Nachricht zukommen lassen und meinen Käfer misshandeln? Aber jetzt brauchen wir Salmas Einverständnis nicht mehr, um dem Kerl das Handwerk zu legen. Um sozusagen das Grillenhirn zu grillen.« Er sah entschlossen von Justus zu Peter und wieder zurück. »Versteht ihr? Denn jetzt sind wir die Betroffenen! Oder vielmehr ich! Und deswegen verkünde ich hiermit, dass ich euch höchstpersönlich mit diesem Fall –«

Peters Handy klingelte. »Um die Zeit?« Der Zweite Detektiv holte das Mobiltelefon aus der Jackentasche. »Warte kurz, Dritter. Du kannst deine salbungsvolle Ansprache gleich fortsetzen, aber um diese Zeit muss es dringend sein. – Ja, wer ist da?«

»Peter? Hier ist Sydney!«

»Sydney?« Peter warf seinen Freunden einen fragenden Blick zu. »Was gibt's denn? Hast du was von Jessi gehört?«
»Was? Nein.« Sydney klang aufgeregt. »Peter, es wurde eingebrochen! Ich hab's gerade erfahren!«
»Eingebrochen? Bei euch?«
»Nein, nicht bei uns. In unserer Vereinsverwaltung. Ein kleines Haus im Coringa Drive gleich hinter dem Trainingsgelände.«
»Aha?«
»Der Pokal, Peter! Jemand hat den Pokal gestohlen!«

Liebesschwäne?

Peter und Bob saßen schon im Auto und Justus wollte eben einsteigen, als sich hinter ihm jemand räusperte.
»Mh-mh! Junger Mann, ich sehe wohl nicht recht!«
Der Erste Detektiv verharrte mitten in der Bewegung. »Wo kommt die denn jetzt her?«, flüsterte er seinen Freunden zu. Dann schob er sich wieder rückwärts aus dem Auto. »Tante Mathilda! So spät noch wach?«
»Ich dachte, ich hätte das Licht im Bürohäuschen angelassen. Und wo wollt ihr hin, wenn man fragen darf?« Tante Mathilda raffte ihren geblümten Morgenmantel zusammen und lächelte honigsüß.
»Ähm, tja, wir … ähm … sollten … also, ein Freund …«
»Das dachte ich mir.« Tante Mathilda machte einen Schritt zur Seite und vollführte eine elegante, einladende Bewegung mit dem Arm. »Darf ich bitten? Da oben steht dein Bett! Und Zähneputzen nicht vergessen!«
»Aber, Tante –«
»Und nimm dir einen frischen Schlafanzug!«
»Aber –«
»Abmarsch, der Herr! Und ihr«, sie zeigte auf Peter und Bob, »fahrt sofort nach Hause! Sonst rufe ich eure Eltern an! So was!« Sie schüttelte energisch den Kopf. »Treiben sich mitten in der Nacht auf der Straße herum!« Tante Mathilda drehte sich um und zupfte Justus am Ärmel mit sich. »Lausebengels!«
Und so kam es, dass die drei Lausebengels dem Vereinshaus

der Strikers erst am nächsten Morgen einen Besuch abstatten konnten. Sie informierten vorher per Telefon Sydney und die versprach, dass sie zusammen mit ihrer Mutter vor Ort sein werde. Schließlich war der Pokal immer noch irgendwie ein Familienerbstück.

»Und den beiden Polizisten, die gestern Nacht den Einbruch aufgenommen haben, war die Sache ziemlich schnurz«, beklagte sich Sydney. »Ein Einbruch von vielen eben.«

»Wir sind gleich da.« Justus legte auf. Am Ausgang der Zentrale drehte er noch einmal um und holte die Biografie über Daron Lafferty.

Dreißig Minuten später kamen die drei ??? an der Nummer 37 im Coringa Drive an. Nur ein kleines Firmenschild neben der Eingangstür verriet, dass hier die Verwaltung der Los Angeles Strikers ihren Sitz hatte. Ansonsten handelte es sich um einen ganz gewöhnlichen, einstöckigen Flachbau mit grünen Fensterläden und Zimmerpflanzen hinter den Scheiben.

Die drei Jungen warteten noch auf Sydney und ihre Mutter und betraten dann das Haus, wo sie Sydney in einen hinteren, großen Raum führte: moderner Schreibtisch mit Computer und Telefon, Regale mit Ordnern und Heften, eine Vitrine an der Wand. Zertrümmert. Im Rahmen der rechten Tür steckten nur noch einige scharfkantige Scherben.

Zwei Männer waren vor Ort, die ihnen Sydney als Mr Bigelow und Mr van Halen vorstellte. Mr Bigelow – um die fünfzig, randlose Brille, sportliches Outfit – war der Manager des Vereins, Mr van Halen – Anfang sechzig, Tränensäcke, tiefschwarzes Toupet – der Präsident.

»Und ihr seid also Detektive?« Mr van Halen schüttelte jedem der Jungen die Hand und wirkte dabei ansatzweise amüsiert. »Also, ich finde es ja absolut wichtig, dass junge Menschen ein Hobby haben. Schön so! Weiter so!«
Justus ließ die schlaffe Pfote mit den dicken Ringen wieder los. »Und den Pokal haben Sie hier aufbewahrt?« Er zeigte auf die Vitrine, in der sich neben zahllosen Splittern einige Medaillen und kleinere Siegestrophäen befanden.
Van Halen schob den Unterkiefer nach vorn und zeigte auf den Ersten Detektiv. »Messerscharf kombiniert! Haha! Hab ihn gleich nach dem Spiel dort verstaut.«
Peter stellte sich vor, wie er dem Mann das Toupet vom Kopf riss und sich damit die Nase putzte. Das half.
Justus ging zur Vitrine. »Wie stand der Pokal? Blickte der Löwe in den Raum?« Er schlug Laffertys Biografie auf der Seite mit den Abbildungen der Vasen auf.
»Ja, der Löwe nach vorne.« Bigelow nickte.
Abermals studierte der Erste Detektiv die Abbildungen. Peter und Bob blickten ihm dabei über die Schulter.
»Wonach sucht ihr?«, fragte Claire Jordan.
Justus schüttelte den Kopf. »Die Bilder sind einfach zu klein.«
Claire sah ebenfalls ins Buch. »Braucht ihr eine Lupe?«
»Eine Lupe! Ha! Sherlock Holmes und seine zwei Dr. Watsons!« Van Halen konnte die Albereien nicht lassen.
»Nein«, sagte Justus zu Claire, »das Raster ist zu grob, das nützt nichts. Man erkennt zwar den Löwen, den Tiger und die Grinsekatze. Und noch eine Menge anderer Tiere. Aber eben nur sehr ungenau.«

»Stimmt«, erinnerte sich Claire. »Da war noch ein ganzer Zoo auf den Vasen. Aber wie gesagt: Das alles haben die Mädchen vorgegeben.«

»Libellen, Schmetterlinge, Käfer.« Peter zeigte auf die Löwenvase. »Sagt euch das etwas, Kollegen?«

Bob schüttelte den Kopf. »Auf der Tigervase sind alle möglichen Meerestiere. Fische, Krebse, Delfine, Schildkröten.«

»Und auf der Grinsekatzenvase Vögel«, sagte Justus. »Enten, Möwen, ein Schwan.«

»Zwei Schwäne, oder?« Peter verdrehte den Hals und lugte quasi um die Ecke. »Dahinten kommt noch einer. Auf der Rückseite der Vase. Könnten Liebesschwäne sein.«

»Nein«, widersprach Sydney, die sich neben ihn gestellt hatte. »Liebesschwäne wenden sich einander zu und ihre Hälse bilden ein Herz. Die da schwimmen hintereinander. Glaube ich. Man sieht es nicht richtig.«

»Tja, die Liebe!« Van Halen zwinkerte Peter und Sydney zu. »Auch eine sehr schöne Beschäftigung!«

Justus wollte darauf etwas erwidern, weil ihm van Halen jetzt doch auf die Nerven ging, als er innehielt und noch einmal das Bild betrachtete. Den Schwan betrachtete. Das Auge des Schwans. »Kollegen!«, rief er unvermittelt. »Wir müssen nach Ventura!«

Bob sah Justus überrascht an. »Ins Heimatkundemuseum? Hast du was entdeckt?«

»Kann sein und ja. Mrs Jordan, Sydney: Wäre es in Ihrem beziehungsweise deinem Sinne, wenn wir die Ermittlungen in diesem Fall aufnehmen?« Er holte eine Visitenkarte aus der Tasche und reichte sie Sydneys Mutter.

»Ähm, die Ermittlungen, also …«
»Klar!«, sprang Sydney ein. »Der Polizei geht die Sache am –, ich meine, die interessiert das ja nicht sonderlich.«
Claire sah die beiden Männer an. »Ist Ihnen das auch recht?«
Bigelow zuckte die Schultern. »Ich habe zwar durchaus Vertrauen in unsere Ordnungshüter, aber meinetwegen, sollen die Jungs tun, was sie nicht lassen können.«
»Dann mal die Sirene aufs Dach und den Schurken hinterhergejagt!« Van Halen zog eine imaginäre Pistole, feuerte einen Schuss ab und blies den Qualm vom Lauf.
Justus lächelte müde, verabschiedete sich und wandte sich zum Gehen. Die beiden anderen Detektive, Claire und Sydney folgten ihm.
»Was ist denn jetzt?«, wollte Sydney draußen wissen. »Was hast du auf dem Bild gesehen?«
Peter winkte ab. »Vergiss es! Wenn Justus Blut geleckt hat, bekommst du nichts aus ihm raus, bis er die Beute gestellt, erlegt und in handliche Portionen zerteilt hat. Übrigens, hast du schon was von Jessi gehört?«
Sydney schüttelte den Kopf.
Der Zweite Detektiv sah auf die Uhr. Einundzwanzig Stunden. So lange war es her, dass Jessi von der Bildfläche verschwunden war.
Eine Dreiviertelstunde später erreichten sie Ventura. Der Pummel an der Pforte des Museums erkannte sie sofort. »Das seid ihr ja wieder! Gibt es bei uns was umsonst, von dem ich nichts weiß?« Er gickelte vergnügt.
»Noch so ein Scherzkeks«, murmelte Bob und lächelte freundlich.

Die beiden Vasen befanden sich in einem der kleineren Ausstellungsräume im hinteren Teil des Museums. Der Erste Detektiv ging um die Vitrine herum und besah sich die Rückseite der Gefäße.

»Da! Zwei Schwäne! Hintereinander! Und seht euch die Augen an!«

Peter und Bob beugten sich nach vorn.

»Die zwinkern!«, erkannte Bob. »Schwäne, die zwinkern!«

Justus nickte. »Scheint eine Marotte der Familie Lafferty-Jordan zu sein. Lafferty zwinkert auf dem Foto, Claire zwinkert ab und zu, Beatrice ebenfalls. Eine einzige große Zwinkerfamilie.«

»Sydney hat auch schon mal gezwinkert«, fiel Peter ein.

»Wundert mich nicht.«

Der dritte Detektiv machte große Augen. »Du meinst, Just ... das ist ein Zeichen? Das hat was zu bedeuten?«

»Die restlichen Tiere zwinkern jedenfalls nicht«, erwiderte Justus. »Und ich würde wetten, dass auf der anderen Vase auch ein Tier zu finden ist, das zwinkert.«

Peter hatte es schon entdeckt. »Die Schildkröte zwinkert.«

»Und die ist ebenfalls auf der Rückseite der Vase«, sagte Justus fast grimmig. In seinen Augen lag ein aufgeregtes Funkeln. »Deswegen der Diebstahl. Der Täter konnte nicht sehen, was er sehen wollte, solange sich ihm nur die Vorderseite der Vase präsentierte. Wir müssen herausfinden, welches Tier auf der Rückseite der Löwenvase zwinkert. Und was die Mädchen mit diesen Hinweisen meinten.«

Der böse Wolf

»Ich weiß nicht.« Peter stieg in den Käfer. »Was soll das bringen? Du hast sie doch auch kennengelernt.«
Der Erste Detektiv schnallte sich an und Bob startete den Motor. »Aber wir müssen es versuchen. Außer Beatrice gibt es niemanden mehr, der uns sagen könnte, was diese Hinweise zu bedeuten haben. Und warum sie so interessant sein könnten, dass jemand dafür eine Erpressung und einen Einbruch samt Diebstahl begeht.«
»Was mich wieder an den Schatz denken lässt«, sagte Bob.
»Haarspangen und bunte Steine«, entgegnete Peter. »Du hast doch gehört, was Claire gesagt hat.«
»Aber sie weiß es nicht«, widersprach Justus. »Sie kann es nicht wissen. Irgendein Geheimnis muss hinter diesen Vasen stecken. Und Beatrice ist die Einzige, die dazu noch etwas sagen kann.«
Peter schnaubte skeptisch durch die Nase. »Na, dann hoffen wir mal, dass nicht gerade wieder die geflügelten Affen oder die Winkie-Soldaten zu Besuch sind. Und, Bob!«
»Ja?«
»Grüner wird's nicht!« Peter deutete auf die Ampel.
Der dritte Detektiv gab Gas. »Ich habe gerade über diese Hinweise nachgedacht. Eigentlich kann das ja so schwer nicht sein, oder? Ich meine, drei kleine Mädchen um die zehn Jahre haben sich das damals einfallen lassen.«
Justus nickte. »Guter Gedanke, Dritter. Welches Rätsel sich auch immer hinter diesen zwinkernden Tieren verbirgt, es

sollte unsere intellektuellen Kapazitäten nicht überbeanspruchen, da hast du recht.«

Peter rollte die Unterlippe nach vorn. »Auf der anderen Seite war keiner von uns je ein zehnjähriges Mädchen. Und mir ist schon oft genug ein Rätsel, was im Kopf von *älteren* Mädchen vor sich geht.«

Bob lachte. »Sprichst du von Kelly?«

Der Zweite Detektiv nickte bedeutungsvoll. »Ein Buch mit sieben Siegeln. Zumindest manchmal.«

Als die drei Detektive im St. Matthews ankamen, sammelten die Pflegekräfte gerade das Geschirr vom Mittagessen wieder ein. Die Jungen entdeckten einen jungen Mann mit Dreadlocks und Nickelbrille, der einen schweren Wagen durch den Gang rollte. Sie wollten eben auf ihn zugehen, als Hermine aus Beatrice' Zimmer trat.

»Na, ihr drei?« Sie überreichte dem Stationshelfer, der laut Namensschild Harry hieß, ein Tablett und lächelte freundlich.

Die drei grüßten und Peter gab sich dabei alle Mühe, nicht auf Hermines Damenbart zu schielen.

»Wäre es wohl möglich«, fragte Justus, »dass wir uns kurz mit Mrs Lafferty unterhalten?« Er nickte in die Richtung von Beatrice' Zimmer. »Wenn Sie wollen, rufen wir auch gern bei ihrer Nichte an und holen uns die Erlaubnis.«

»Nein, nein, geht schon klar, ich kenne euch ja.« Hermine zuckte die muskulösen Schultern. »Versuchen könnt ihr's. Und jetzt ist auch die beste Zeit dafür. Beatrice ist nach dem Mittagessen immer recht klar. Andererseits macht sie danach auch gerne ein Nickerchen. Geht einfach rein.«

Die drei ??? bedankten sich und betraten Beatrice' Zimmer. Ein gepflegtes Einzelzimmer mit roten Vorhängen, Schrank, Tisch, ein paar Stühlen und einigen Bildern an den Wänden. Alten Bildern, vermutlich aus Beatrice' ehemaligem Zuhause. Beatrice selbst saß aufrecht in ihrem Bett und trank Tee aus einer Tasse. Im Ausschnitt ihres Nachthemdes steckte noch die Serviette vom Mittagessen.

Als sie Justus entdeckte, erleuchtete ein Strahlen ihr Gesicht. »Mr Baum!«

Peter grinste verhalten. »Justus, der Mann mit den vielen Identitäten.«

»Lyman Frank Baum ist der Autor von ›Der Zauberer von Oz‹«, zischte ihm Justus zu. »Mrs Lafferty!« Er ging auf die alte Dame zu, rollte den Beistelltisch zur Seite und ergriff die Hand, die sie ihm entgegenstreckte. »Guten Tag. Dürfen wir uns setzen?« Er gab Bob ein Zeichen, dass er Stühle herbeischaffen sollte.

»Fahren wir? Jetzt?«

»Fahren?«, fragte Justus irritiert. »Wohin fahren wir?«

»Na, zu Toto! Nach China! Wegen den Winkie-Soldaten!« Beatrice zwinkerte ihm zu. »Aber nichts verraten! Pssst!«

»Ah so, ja, ähm … natürlich.« Justus setzte sich auf den Stuhl, den ihm der dritte Detektiv hinschob. Peter und Bob nahmen neben ihm Platz. »China, sicher. Aber vorher … müsste ich vielleicht noch ein paar Dinge wissen.«

Beatrice lächelte nachsichtig. »Meine Zahnbürste habe ich schon eingepackt.«

Justus ließ ihre Hand wieder los. »Ah so. Gut. Nein, ich meinte –«

»Und ein frisches Nachthemd auch!« Sie zwinkerte Justus erneut zu.
»Tatsächlich?« Justus lächelte verschwommen.
»Und die beiden Schwäne und die Schildkröte auch?«, kam ihm Bob zu Hilfe. »Haben Sie die auch schon eingepackt?«
Beatrice fuhr zusammen. Starrte den dritten Detektiv aus großen Augen an. Sagte nichts.
»Mrs Lafferty?« Justus griff wieder nach der faltigen, kleinen Hand.
Beatrice winkte ihn mit der anderen Hand zu sich, ließ Bob dabei aber nicht aus den Augen. »Wer ist das?«, flüsterte sie ängstlich.
»Das ist Bob, mein Freund.«
»Nein!« Beatrice schüttelte heftig den Kopf. »Kein Freund! Ein Winkie-Soldat! Verkleidet! Der will den Schatz! Meinen Schatz! Und der andere auch! Der da!« Sie zeigte mit ihrem knochigen Finger auf Peter.
»Aber nicht doch!« Justus bemühte sich um einen vertrauensvollen Ton. »Das sind gute Freunde. Wirklich!«
»Schick sie raus!«, hauchte Beatrice. »Jetzt! Sofort!«
Der Erste Detektiv überlegte einen Moment, dann nickte er Peter und Bob zu. »Ist besser so. Wartet draußen.«
Die beiden Detektive signalisierten stumm ihr Einverständnis, erhoben sich und verließen das Zimmer. Als Bob die Tür schloss, sah er, dass ihn Beatrice immer noch mit feindseligen Blicken verfolgte.
»Hat sie euch rausgeworfen?«
Peter und Bob drehten sich um. Hermine stand hinter ihnen.

Der dritte Detektiv nickte. »Kann man so sagen. An Justus scheint sie einen Narren gefressen zu haben, aber mit uns kann sie nicht viel anfangen.«
Hermine lachte. »Macht euch nichts draus. Das passiert sogar mir manchmal. Es gibt Tage, da weiß sie nicht einmal mehr, wer ich bin, und jagt mich zeternd aus ihrem Haus.«
»Haus?«, echote Peter.
»Ja, bisweilen denkt Beatrice, sie wäre noch in ihrem Haus und wir alle wären Eindringlinge, die ihr was Böses wollten.« Hermines Blick wurde traurig. »Und die Zeiten, in denen das vorkommt, häufen sich. Und werden immer mehr werden.«
»Die Krankheit lässt sich nicht aufhalten, oder?«, meinte Bob. »Es gibt noch kein wirksames Medikament?«
»Nein. Es gibt Medikamente, die den Verlauf verlangsamen. Aber heilen kann man die Krankheit nicht.«
Peter atmete schwer durch. »Wirklich schlimm. Wenn man sich vorstellt, dass man irgendwann niemanden mehr erkennt. Echt grausam.«
»Vor allem für die Angehörigen!«, sagte Hermine. »Für die ist es besonders schlimm. Viele Betroffene bekommen oft selbst kaum mit, was da mit ihnen passiert. Aber für die Angehörigen ist es die Hölle, wenn die eigene Mutter die Tochter nicht mehr erkennt.«
»Kann ich verstehen«, sagte Bob nachdenklich.
»Und manchmal müssen sie auch noch mit ansehen, wie ihre Liebsten ganz andere, wildfremde Menschen in ihr Herz schließen.« Hermine zuckte die Schultern, als wüsste sie selbst nicht, was sie davon halten sollte. »Beatrice zum Beispiel hat einen echten Narren an Roger gefressen, einem

unserer Stationshelfer.« Hermine lächelte wehmütig. »Ihr Mr Baum.«
»Mr Baum?« Peter schüttelte verständnislos den Kopf.
»So nennt sie ihn meistens.«
»So hat sie Justus eben auch genannt«, sagte Bob.
»Eine gewisse Ähnlichkeit zwischen den beiden ist auch durchaus vorhanden, vor allem die schwarzen Haare. Aber ansonsten ist es wohl eher Ausdruck der Tatsache, dass Beatrice Roger so sehr vermisst. Denn unser Roger ist doch um einiges größer als euer Freund und vor allem, ähm«, Hermine lächelte verschmitzt, »ein wenig schlanker.«
Peter lachte, Bob nicht.
»Schwarze Haare, sagten Sie? Peter, war der Typ schlank und groß, den du vor dem Stadion gesehen hast?«
Jetzt begriff auch Peter, was Bob meinte. »Ja. Unbedingt.«
Der dritte Detektiv wandte sich wieder Hermine zu. »Trägt Roger eine Brille und hat eine ausgeprägte Adlernase?«
Hermine nickte. »Ja. Kennt ihr ihn etwa?«
»Gewissermaßen.« Bob ließ sich seine Aufregung nicht anmerken. »Wann haben Sie Roger zum letzten Mal gesehen?«
Hermine überlegte. »Vorgestern auf Station. Und nachmittags in der Stadt. Mit einem Mädchen!« Sie zuckte ihre mächtigen Augenbrauen. »Aber gestern Morgen hat er sich krankgemeldet. Grippe.«
»Mädchen?« Auch Peter war jetzt hellwach. »Auch recht groß, brauner Pferdeschwanz, dunkle Augen?«
Hermine blähte die Backen. »Das weiß ich nicht – doch, braune Haare hatte sie, ja. Und groß war sie auch. Zumindest verschwand sie nicht neben Roger.«

Die beiden Jungen sahen sich an. Jessi!
»Und er hat sich gestern krankgemeldet?«, fragte Bob.
»Ja. Er meinte, es würde ihm nicht gut gehen.«
Der dritte Detektiv dachte nach. »Können Sie uns womöglich sagen, wo wir Roger finden? Wir müssten dringend mit ihm reden.«
Hermine zögerte. »Worüber denn? Irgendwie habe ich das Gefühl, dass … ich weiß nicht. Was ist denn auf einmal los?«
Jetzt wartete Bob mit einer Antwort. »Das ist nicht so leicht zu erklären. Aber wenn Sie mit Mrs Jordan sprechen, wird die Ihnen sicher bestätigen, dass unsere Absichten nur die besten sind. Und dass es wichtig wäre, mit Roger zu sprechen.«
Hermine sah von einem zum anderen. »Aber … ich darf euch nicht so einfach seine Adresse geben. Er ist Mitarbeiter hier.«
»Und seinen vollen Namen?«, fragte Peter. »Wenigstens den?«
»Na ja, der steht ja wie der von allen Mitarbeitern im Haus auf der Tafel am Eingang. Wolf. Roger Wolf.«

Bienenzimmer

Peter und Bob liefen ungeduldig vor Beatrice' Zimmer auf und ab. Sie konnten es kaum erwarten, Justus mitzuteilen, was sie eben erfahren hatten. Es dauerte auch nicht allzu lang, bis die Tür aufging und der Erste Detektiv auf den Flur trat.

»Das war vergebliche Liebesmüh.« Justus schloss leise die Tür. »Beatrice' Äußerungen bringen uns leider keinen Schritt weiter.«

Peter lächelte zufrieden. »Ich darf daran erinnern, dass meine Wenigkeit genau das vor Kurzem prophezeit hat. Aber dafür haben wir äußerst interessante Neuigkeiten.« Er zeigte auf sich und Bob und lupfte die Augenbrauen. »Es geht um unseren Hauptverdächtigen.«

Justus ging forschen Schrittes zum Ausgang. »Du meinst einen Pfleger namens Wolf? R. Wolf?«

Peter und Bob blieben mit offenen Mündern stehen.

»Woher, zum Teufel, weißt du das schon wieder?« Bob hob ratlos die Hände und ließ sie wieder fallen. »Hat Beatrice doch was Brauchbares von sich gegeben?« Er lief weiter.

»Ich fass es nicht!« Peter schüttelte den Kopf und trabte ebenfalls wieder an.

»Außer der einen oder anderen Anekdote über das Personal aus dem Zauberer von Oz war nichts Aufregendes dabei«, erwiderte Justus. »Auf Wiedersehen, Hermine!« Er winkte der Pflegerin zu und die winkte aus dem Stationszimmer zurück.

»Aber woher kennst du dann Roger Wolf? Und wieso weißt du, dass er derjenige welcher ist?«, fragte Peter. »Und wieso rennst du so?«
»Nun ja, zu eurer Beruhigung.« Justus stieß die Glastür auf. »Seinen Vornamen kannte ich nicht, und dass er tatsächlich unser Verdächtiger sein könnte, entnahm ich erst deiner ungebremsten Vorfreude, Peter, mir einen Schritt voraus zu sein. Aber dass wir einen gewissen R. Wolf etwas genauer unter die Lupe nehmen sollten, war mir vorher schon klar, das durchaus. Und ich renne so, weil wir zwölf Stunden im Verzug sind.«
»Und wieso?«, hakte Bob nach. »Also, ich meine, wieso war dir das klar? Und natürlich auch, wieso zwölf Stunden im Verzug? Müssen wir wirklich so rennen? Herrje!«
Justus deutete mit dem Daumen über die Schulter und sprang die Treppe hinab. »Die Patientenkladde, die sich am Fußende von Beatrice' Bett befindet. Beim Rausgehen fiel sie mir auf. Die Warnung, die wir in deinem Käfer gefunden haben, wurde auf einem Stück genau so einer Karteikarte geschrieben. Gleiches Material, gleiche Farbe. Daraufhin habe ich mir die Akte mal etwas genauer angesehen und festgestellt, dass bis vorgestern meist ein gewisser R. Wolf Beatrice' Blutdruck und Temperatur gemessen und in die Kladde eingetragen hat. Doch gestern war er nicht hier und heute auch nicht. Und gestern fand ja eure glorreiche Verfolgungsjagd statt.« Jetzt musste der Erste Detektiv kurz innehalten und durchatmen. Reden und laufen, das war dann doch etwas viel auf einmal.
Peter und Bob schlossen auf und informierten ihren Freund

bei dieser Gelegenheit über die anderen Gemeinsamkeiten. »Also im Grunde genommen Justus II. Nur ein bisschen schlanker.« Der Zweite Detektiv grinste. »Und größer. Und älter. Und mit Hakennase und Brille. Ach ja, und eine Freundin hat er auch. Also eigentlich gar nicht wie du.«
Justus ließ sich nicht aus der Reserve locken. Er lief weiter, die nächste Treppe. »Mr Baum, interessant. Der Einzige, zu dem Beatrice Vertrauen hatte. Womöglich hat sie ihm in einem ihrer klaren Momente Dinge anvertraut, von denen niemand sonst Kenntnis hat und die Mr Wolf auf dumme Gedanken gebracht haben.«
Bob nickte. »Klingt einleuchtend. Bleiben aber zwei Probleme: Erstens gibt es vermutlich jede Menge Roger Wolfs im Großraum L. A. Und zweitens wissen wir nicht, was er weiß. Und ich weiß immer noch nicht, was es mit den zwölf Stunden auf sich hat und warum, zum Teufel, wir so rennen!«
»Und wohin wir so rennen«, ergänzte Peter.
Justus hatte die Eingangshalle erreicht und strebte auf den Ausgang zu. »Das zweite Problem könnt ihr aller Wahrscheinlichkeit nach als gelöst betrachten und das erste spielt für den Moment keine Rolle. Wie gesagt, zwölf Stunden Verzug.«
»Ich kapier gar nichts. Du?« Bob sah zur Seite und Peter schüttelte den Kopf.
Erst im Auto erlöste Justus seine Freunde. »Lösung des zweiten Problems: Es geht nach Ventura, Kollegen, Turtle Road Nummer 22.«
Bob begriff als Erster. »Turtle! Die zwinkernde Schildkröte! Und die beiden hintereinanderschwimmenden Schwäne.

Die sehen wie eine Zweiundzwanzig aus! Turtle Road Nummer 22! Na klar!«
»Aber wieso Turtle Road? Woher weißt du auf einmal, dass hinter der Schildkröte und den Schwänen eine Adresse steckt?«, fragte Peter. »Und wieso Ventura? Turtle Roads gibt es wahrscheinlich genauso viele wie Roger Wolfs.«
»Stand auch in der Kladde«, antwortete Justus. »Es ist Beatrice' altes Zuhause. Und ich vermute stark, dass es das Zuhause der ganzen Familie Lafferty war, auch das ihrer beiden Schwestern und ihres Vaters. Schließlich finden sich die Schildkröte und die Schwäne auf den Vasen von Marion und Agatha.«
»Zwölf Stunden.« Jetzt verstand Bob. »Roger Wolf ist uns nach dem Diebstahl zwölf Stunden voraus und hat wahrscheinlich längst den letzten Hinweis auf Beatrice' Vase entdeckt.«
Peter deutete durch die Windschutzscheibe und schaute grimmig. »Drück drauf, Dritter. Vielleicht kommen wir noch rechtzeitig.«
Der Erste Detektiv sollte recht behalten. Das Anwesen in der Turtle Road Nummer 22 entpuppte sich als ein großes, altes Holzhaus mit drei Stockwerken, zahlreichen Erkern, Giebeln, Vorsprüngen und sogar einem kleinen Turm auf der Ostseite. Auf dem verwitterten Klingelschild neben dem Gartentor stand in aufrechten Buchstaben LAFFERTY.
»Sieht ziemlich verlassen aus.« Peter zeigte auf den riesigen, verwilderten Garten. »Und auch am Haus müsste einiges gemacht werden. Farbe hat die Fassade schon lange keine mehr gesehen.«

»Ich glaube, hier wohnt wirklich niemand mehr«, fand auch Bob. »Aber warum wurde das Haus dann nicht verkauft?«

»Vielleicht wollte man nicht vollendete Tatsachen schaffen, bevor Beatrice … na, ihr wisst schon«, überlegte Justus. »Oder es fand sich kein Käufer bisher.«

»Hatten eigentlich Beatrice und Marion Kinder?«, fragte Peter. »Die kämen dann ja auch als Erben infrage und hätten ein Wörtchen mitzureden beim Verkauf.«

Der Erste Detektiv schüttelte den Kopf. »In Laffertys Biografie werden auch seine Kinder kurz erwähnt. Demnach war nur Agatha verheiratet und hatte ihrerseits nur eine Tochter: Claire. Die beiden anderen Schwestern blieben kinderlos.«

Bobs Blick wanderte vom Haus zu einem alten Geräteschuppen im Garten. Einige Büsche verdeckten ihm die Sicht. »Kollegen, die Tür dort. Ist die offen?«

Justus und Peter sahen zu der Holzhütte. Die Tür schien tatsächlich nur angelehnt zu sein.

»Ich glaube schon.« Peter nickte. »Vielleicht ist Wolf doch noch hier?«

»Und hat noch nicht gefunden, wonach er suchte«, ergänzte Justus. Entschlossen öffnete er das Gartentor.

»Was hast du vor?«, fragte Bob.

»Ihm Guten Tag sagen!« Der Erste Detektiv ging voran.

Doch der Schuppen war leer. Die drei Detektive erschraken zwar mächtig, als sie die Tür ganz aufmachten und ihnen laut kreischend eine wilde Katze durch die Beine schoss. Aber Wolf war nicht hier.

»Hätte mich dann doch gewundert«, murmelte Justus.

»Was hätte dich gewundert?« Peter drückte die Tür zu, die aber gleich wieder aufsprang. Das Schloss war defekt.
»Wenn in diesem Schuppen zu finden gewesen wäre, wonach wir und Wolf suchen.«
Bob kratzte sich am Ohr. »Äh, und was genau ist das jetzt eigentlich? Und wo würdest du suchen?«
Der Erste Detektiv zeigte zum Haus. »Ich bin überzeugt, dass es im Haus ist. Ich glaube nicht, dass drei kleine Mädchen ihren Schatz in einer Holzhütte im Garten versteckt hätten. Bei schlechtem Wetter wären sie nicht drangekommen, Mäuse, Ratten, Feuchtigkeit und Kälte hätten dem Schatz zusetzen können, zu ungemütlich, zu dreckig, zu viel Gerümpel.«
Peter lächelte wissend. »Mädchen eben.«
»Wobei ich da auch andere kenne«, erwiderte Bob.
»Braune Augen, braune Haare, steht auf Pferde?«
Der dritte Detektiv nickte. »Oder dunkelblond, Geigenfan und sehr mobil trotz Rollstuhl.«
Justus betrat einen Kiesweg, der zwischen verkrauteten Blumenbeeten und kniehohem Gras zum Haus führte. »Aber Allie und Jelena sind nicht unbedingt repräsentativ. Daher meine Annahme, dass sich der Schatz eher in einem leicht zugänglichen, gemütlichen und staubfreien Versteck befindet.«
»Justus, der Mädchenversteher«, frotzelte Peter.
»Aber was für ein Schatz?« Bob hüpfte über einen herabgefallenen Ast, der auf dem Weg lag.
Der Erste Detektiv steuerte auf den Eingang zu, eine zweiflügelige Tür mit viel buntem Glas und kunstvoll geschwun-

genen Metallornamenten. »Womöglich sind es nur die besagten glitzernden Haarspangen. Oder Wolf weiß tatsächlich mehr als wir. Aber das ist egal. Entscheidend ist, dass Wolf, wenn er dahintersteckt, die Sache eine Erpressung und einen Diebstahl wert war. Deswegen sind wir hier.« Justus drehte an dem Knauf. Die Tür war nicht verschlossen.
»Sollten wir dann nicht besser gleich nach Wolf suchen, anstatt hier einem imaginären Schatz nachzujagen, von dem wir weder wissen, wo er ist, noch, ob es ihn überhaupt gibt?« Bob warf einen Blick in die Eingangshalle. Große Treppe, verhängte Bilder, abgedeckte Möbel.
»Nein, denn wenn es doch einen richtigen Schatz gibt, sollten wir Wolf zuvorkommen. Wenn er ihn erst hat, wird er sich wahrscheinlich, so schnell es geht, aus dem Staub machen.« Der Erste Detektiv zeigte vor sich auf den Boden. »Apropos Staub. Wir sind hier richtig, seht ihr?«
Peter und Bob sahen sofort, was Justus meinte. Ganz deutlich waren die frischen Fußabdrücke im staubigen Boden zu erkennen. Fußabdrücke eines einzelnen Menschen. Der Größe nach zu urteilen von einem Mann. Die drei ??? verstummten und lauschten.
Peter flüsterte jetzt. »Könnt ihr was hören? Ist er noch hier?«
Justus deutete nach oben, geradeaus und nach unten. »Bob – den Keller, Peter – Erdgeschoss und erster Stock, ich nehme die beiden oberen Etagen. Keine Heldenstücke, Kollegen! Wenn ihr ihn seht, sperrt ihn ein, verrammelt die Tür und ruft um Hilfe, klar?«
»Oh Mann, Just, ich weiß nicht. Wäre es nicht besser zusammenzubleiben?« Peter spürte, wie sein Magen unruhig wur-

de. »Und sollten wir nicht besser Claire anrufen? Ich meine, es ist ihr Haus. Oder eben das von Beatrice. Und wir gehen hier so einfach rein.«

Justus zeigte erneut auf die Spuren. »Der hier hat vermutlich auch nicht um Erlaubnis gefragt. Also los!«

Die drei Detektive betraten das Haus. Die trüben, staubigen Fenster ließen nur wenig Licht herein und sorgten für eine unwirkliche Atmosphäre. Als hätte man auf einmal eine andere, längst vergessene Welt betreten. Wortlos verabschiedete sich Bob, als er die Tür zum Keller gefunden hatte. Justus und Peter trennten sich im ersten Stock.

»Ich hab kein gutes Gefühl bei der Sache, Just.«

»Lass dich von dem alten Gemäuer nicht einschüchtern, Zweiter. Es ist alles in Ordnung.« Justus tippte sich an die Stirn und lief die Treppe hinauf.

Justus wollte im dritten Stock anfangen. Einen Dachboden gab es nicht, wie er sofort feststellte, als er oben angekommen war. Oder nur einen sehr kleinen und niedrigen. Die Außenwände der Zimmer gingen in steile Dachschrägen über, die erst weit oben in einer waagerechten Decke mündeten. Aber Justus sah nirgends eine Falltür oder Klappe. Dort oben musste er das Versteck nicht suchen.

Der dritte Stock beherbergte neben einem großen Bad und einer Abstellkammer die Kinderzimmer der Mädchen. Und es hatte den Anschein, als wären die Zimmer die ganzen Jahre über nicht verändert worden. Das Mobiliar, die bunten Vorhänge und Teppiche, sogar Puppen und anderes Spielzeug entdeckte Justus auf den Regalen. Als hätten die Mädchen nur einmal kurz das Haus verlassen.

Die Zimmer waren aber dennoch sehr unterschiedlich gestaltet und eingerichtet. Und der Hauptunterschied war keiner, der Justus sonderlich überraschte.
»Sieh mal einer an!« Er stand im Flur und hatte freien Blick durch alle drei geöffneten Zimmertüren. »Ein Zimmer voller Vogelmotive, eines mit Meerestieren, eines mit Insekten auf Tapeten und Vorhängen. Agatha, Marion, Beatrice.«
Er deutete der Reihe nach auf die Zimmer und wollte sich eben dem Turmzimmer zuwenden, als er plötzlich innehielt. Irgendetwas war ihm ins Auge gefallen. Irgendetwas hatte er gesehen. Justus machte einen Schritt zurück.
»Was war das?« Er versuchte sich zu erinnern, wo genau er eben hingesehen hatte. Durch die Türen. Zu den Fenstern. Den Vorhängen. In die Regale. Zu den Tapeten. Auf die Teppiche. Zu den –
Tapeten! Da! Das war es gewesen! Der Erste Detektiv eilte durch die Tür und ging auf die äußere Wand des Insekten-Zimmers zu. Blieb vor der rechten Ecke stehen, ging in die Hocke und berührte die kleine Zeichnung, die knapp unterhalb der beginnenden Dachschräge angebracht war. Drei kleine Gänseblümchen! Gab es die in den anderen Zimmern auch? Justus lief zurück und inspizierte die Außenwände der beiden anderen Zimmer. Nichts. An den anderen Wänden? Auch nichts. Die drei Gänseblümchen gab es nur hier. Beatrice' Zimmer. Tante Bee. Justus ahnte jetzt, welches Insekt auf dem Löwenpokal zwinkerte. Vorausgesetzt, er hatte recht mit seiner Vermutung.
Der Erste Detektiv ging zurück zu den drei Gänseblümchen. Berührte das linke, fuhr am mittleren entlang. Und da spür-

te er ihn! Die Blüte der rechten Blume war ein kleiner Knopf! Justus drückte ihn und ein leises Schnappen ertönte. Links neben ihm war eine Tapetentür aufgesprungen!
»Eine Drempelwand! Wenn das kein ideales Versteck ist!« Justus zog die Tür auf und schob den Kopf in die Öffnung. Volltreffer! Ein Hohlraum zwischen Zimmerwand und Außenwand des Hauses! Eine kleine Höhle, ausgepolstert mit Kissen und weichen Decken. Sogar ein Licht war vorhanden. Es ging an, wenn man die Tapetentür öffnete.
»Hier hätte ich mich als Kind auch wohlgefühlt!« Justus kroch hinein. Stehen konnte er hier drinnen nicht. Aber für drei kleine Mädchen war Platz genug.
Und dann fiel sein Blick auf das hölzerne Schränkchen. Ganz hinten stand es. Ein wunderschönes Stück mit hellen Intarsien, eingearbeiteten Schmucksteinen und zwei kleinen Türchen. Das Schränkchen bettelte geradezu darum, einen Kleinmädchenschatz aufbewahren zu dürfen.
Justus krabbelte durch das Geheimzimmer und setzte sich vor die Schatulle. Plötzlich knackte draußen der Boden.
Der Erste Detektiv zuckte zusammen und sah nach hinten. Da war nichts. Alte Häuser arbeiten, versuchte sich Justus zu beruhigen. Das Holz dehnt sich aus und zieht sich zusammen. Das war der Grund für das Knacken gewesen. Ganz bestimmt. Justus wandte sich wieder dem Schränkchen zu und öffnete es.
Haarspangen, tatsächlich. Ein wenig Schmuck, aber kein echter. Drei Schneidezähne in drei kleinen Schachteln. Drei alte Bücher. Justus nahm eines der Bücher heraus. Natürlich. Alice im Wunderland. Er schlug die ersten Seiten auf.

Draußen knackte es abermals.
»Uh!« Der Erste Detektiv starrte auf die Seite. »Aber das … . Oh mein Gott! Das ist ja … !« Justus stellte das Buch wieder in das Schränkchen und kroch, so schnell es ging, zurück. »Peter! Bob!« Das mussten die beiden sehen! Das war ja unfassbar!
»Peter! Bob!«, rief Justus laut. »Kommt rauf! Dritter Stock! Das müsst ihr euch ansehen! Ich hab's!«
Der Erste Detektiv schob sich aus der Tapetentür. In diesem Moment verdunkelte sich das Licht. Ein Schatten! Justus riss den Kopf hoch. Eine große Gestalt. Und etwas Dunkles, Schmales, das auf ihn herniedersauste! Er wollte noch die Hand hochreißen, doch im nächsten Moment explodierte der Schmerz in seiner Schläfe und es wurde Nacht um Justus.

Ein Frosch im Hals und jede Menge Kröten

»Just?« Peter lief auf den Flur und sah die Treppe in den zweiten Stock hinauf. »Hast du was gesagt?«

Schweigen.

»Just? Hörst du mich?«

Bob erschien im Erdgeschoss. »Habt ihr was?«

Peter blickte nach unten. »Nein, ich hatte nur gerade den Eindruck, als hätte Justus nach uns gerufen.«

»Und? Hat er?«

»Weiß ich nicht. Er antwortet nicht.«

Der dritte Detektiv kam die Treppe herauf. »Er antwortet nicht?«

»Nein.«

»Just?«, rief nun auch Bob. »Hey, Erster? Wo steckst du?«

Wieder erhielten sie keine Antwort. Die beiden Jungen sahen sich an. Ein ungutes Gefühl machte sich in ihnen breit.

»Sehen wir nach.« Bob sprang die Stufen hinauf und Peter folgte ihm.

Die Zimmertüren standen alle auf. Ein Bad zur Linken, daneben ging es in das Turmzimmer. Geradeaus und rechts zwei weitere Räume.

»Ich die beiden, du die beiden!« Bob lief ins Bad, Peter nahm das Zimmer geradeaus.

Aber kaum war der Zweite Detektiv über die Türschwelle getreten, als er hinter sich ein lautes Poltern hörte. Peter fuhr herum. Ein Mann mit einer Kapuze über dem Kopf! Er war aus dem Zimmer nebenan gerannt, der Länge nach hingeschlagen, rappelte sich eben wieder auf und stolperte jetzt die Treppe hinab!

»Bob!« Peter hob den Schuh auf, den der Mann bei seinem Sturz verloren hatte.

»Bin dran!« Der dritte Detektiv kam aus dem Bad gerannt. Die Gestalt hatte die zweite Etage erreicht.

»Den schnapp ich mir!« Peter spurtete los.

»Was ist mit Just?«, rief Bob und hetzte über den Flur.

»Just! Mist!« Peter bremste abrupt ab.

Der Mann sauste um die Ecke und war aus Peters Blickfeld, er hörte ihn nur noch. Der Zweite Detektiv zögerte noch eine Sekunde, dann eilte er in das Zimmer, aus dem die Gestalt gekommen war.

Bob war vor ihm in dem Raum. »Um Gottes willen! Peter!« Er rannte zu Justus. Der Erste Detektiv lag direkt an der Wand unter der Dachschräge. Blut rann über seine Schläfe. Und er bewegte sich nicht. »Just!«

Peter erschien in der Tür. »Verdammt!«, entfuhr es ihm und er erbleichte. Mit drei Schritten war auch er bei seinem Freund.

»Er atmet!« Bob kniete bereits am Boden.

»Gott sei Dank!« Peter zog sich seine Jacke aus und schob sie Justus vorsichtig unter den Kopf. »Ich ruf den Notarzt!«

»Mach das! Turtle Road Nummer 22 in Ventura. Und die sollen sich beeilen!«

»Ja, klar.« Der Zweite Detektiv holte das Handy aus der Tasche und drückte die erste Taste.

»Boo…mi…«, röchelte Justus in diesem Augenblick. Seine Lider flatterten unruhig.

»Was? Just! Wir sind's!«, rief Bob. »Peter, er wacht auf!«
»Boo...mith.«
Peter sah Bob verwirrt an. »Hat er eben Bullshit gesagt?«
»Kann ich mir bei unserem Ersten nicht vorstellen.« Bob ging noch näher an Justus heran. »Just, ganz ruhig. Du bist verletzt! Wir rufen jetzt den Notarzt!«
Justus knurrte unwillig. »N...ein.« Er schlug die Augen auf und sah sich benommen um. »Nein.«
»Nein?« Peter ließ das Handy sinken.
»Nein, keinen ... Arzt!« Der Erste Detektiv hörte sich an, als hätte er ein rostiges Scharnier im Hals. Mühsam richtete er sich mit Bobs Hilfe auf. »Ist er weg, oder?«
»Wer?«, fragte Bob.
»Wer? Na, der Typ, der mich ins Land der Träume geschickt hat. Wolf vermutlich.«
»Ja.« Bob nickte. »Sprang eben die Treppe hinab. Wir wollten uns aber um dich kümmern.«
»Ja, wahrscheinlich besser. Danke.« Er rieb sich die Schläfe. »Mann, brummt mir der Schädel!«
»Also lieber doch den Arzt!« Peter sah wieder auf sein Handy.
»Nein, ich sagte doch Booksmith. Ruft bei Booksmith an!« Justus atmete kräftig durch.
»Bei ... Booksmith?« Peter lächelte irritiert. »Just, du liegst nicht in deinem Bett, es ist nicht Samstagmorgen und ganz sicher nicht die Zeit, um jetzt Bücher zu bestellen.«
»Gib her!« Justus nahm Peter das Mobiltelefon aus der Hand. »Wie war gleich noch mal die Nummer?« Er überlegte kurz. »310 ... 899 ... ah ja, 4593.« Er tippte die Ziffern ein und wartete.

Peter und Bob warfen sich einen ratlosen Blick zu.
»Ja? Hallo? Mrs Dimple? Justus Jonas hier … nein, mir geht es gut, danke. Habe nur einen Frosch im Hals … kein Buch diesmal, nein. Ich bräuchte nur eine Auskunft … ja, es handelt sich um drei Bücher beziehungsweise um ihre Erstausgaben. Könnten Sie wohl für mich herausfinden, wie viel man im Moment für Erstausgaben von ›Der Zauberer von Oz‹, ›Alice im Wunderland‹ und ›Das Dschungelbuch‹ zahlen müsste? … Ja, ich weiß, aber hätten Sie vielleicht dennoch genaue Zahlen für mich? … Natürlich, ich warte.«
»Soll das heißen …« Bob bemerkte die offene Tapetentür, kroch nach vorn und steckte den Kopf in den Hohlraum. »Das ist ja … das Schränkchen!«
Justus nickte. »Genau, das Schränkchen. Haarspangen, Schmuck, ein paar andere Sachen und drei Bücher. Zumindest bis eben noch. Jetzt wohl nicht mehr. Der Schatz im Bienenzimmer.« Sein Blick fiel auf den Schuh, den Peter immer noch in der Hand hielt.
»Ist der von ihm?«
»Was?« Peter schaute auf den Schuh. »Äh, ja, hat er verloren eben. Bienenzimmer? Bücher? Ich versteh kein Wort.«
Der Erste Detektiv deutete auf den Boden. »Wir sind hier in Beatrice' Zimmer. Insekten.« Er zeigte im Zimmer herum. »Erinnert euch. Claire hat sie öfter Tante Bee genannt, wie die Biene. Was wiederum die Tiere sein dürften, die auf ihrem Pokal gezwinkert haben. Bienenzimmer. Der letzte Hinweis.«
Peter brauchte einen Moment. »O…kay. Ah ja. Und was für Bücher?«

»Ein Segelschuh, interessant.« Justus nahm Peter den Schuh aus der Hand.
»Da drin waren Erstausgaben?« Bob deutete in das geheime kleine Zimmer.
»›Alice im Wunderland‹ war zumindest eine«, erwiderte Justus, »die anderen habe ich nicht gesehen, aber ich gehe davon aus. Wir müssen bedenken, dass die Mädchen die Bücher vor über siebzig Jahren geschenkt bekamen. Damals waren die Erstausgaben sicher noch erschwinglicher als heute und – ah, Mrs Dimple! Ja, ich bin noch dran … Ich höre … Aha … Hm … So, tatsächlich? Gut, vielen Dank, Mrs Dimple, Sie haben mir sehr geholfen.« Der Erste Detektiv legte auf.
»Und?«, fragte Peter.
Justus gönnte sich eine kleine Kunstpause. »Nun ja, wenn sich in dem Schränkchen wirklich drei Erstausgaben befanden, sprechen wir von einem Gesamtwert von circa fünfzigtausend Dollar! Mindestens!«
»Fünfzig– … Du machst Witze!«, stieß Bob hervor.
»Fünfzigtausend Kröten für drei Bücher!« Peter fasste sich an die Stirn. »Ich glaub's nicht!«
Bob deutete zur Treppe. »Und damit hat sich Wolf aus dem Staub gemacht. Jetzt vermutlich auf Nimmerwiedersehen. Super! Und alles, was wir haben, ist ein abgelatschter Schuh!« Er nickte verächtlich zu dem Segelschuh.
»Was uns zu Problem Nummer eins bringt.« Der Erste Detektiv sah aus dem Fenster. »Segelschuh, hm.«

Kein Papagei, sondern ...?

»Problem Nummer eins?« Peter verstand nicht.

»Seine Adresse«, klärte ihn Justus auf.

»Jetzt, wo du's sagst. Und woher bekommen wir die?«

Der Erste Detektiv überlegte einen Moment. »Wir verändern uns beruflich«, sagte er schließlich und wählte auf ihrem Firmenhandy die Liste der kürzlich getätigten Anrufe.

»Bitte?«

Justus lächelte statt einer Antwort und rief das Pflegeheim an. Dort ließ er sich mit der Verwaltung verbinden und gab sich als Paketbote aus, der heute Morgen vergeblich versucht habe, Mr Wolf ein Paket zuzustellen.

»Aber Mr Wolf liegt schon länger flach, hat man mir auf Station gesagt, und gerade hat mir mein Chef verklickert, dass in dem Paket verderbliche Lebensmittel sind.«

»Aha?«

»Na ja, wenn Sie mich fragen, ist da ein ganz übler Käse drin und den würde ich wirklich gerne loswerden. Verstehen Sie mich?«

»Ach, Sie wollen Mr Wolfs Privatadresse?«

»Das wäre super.«

»Sagen Sie das doch gleich. Moment.« Justus hörte das leise Klackern einer Tastatur. »Pine Street Nummer 67, Appartement 29, Malibu«, sagte die Dame am Telefon.

»Sie sind meine Rettung! Vielen Dank. Ich mach mich gleich auf die Socken.« Der Erste Detektiv beendete das Gespräch.

Peter rümpfte die Nase. »Käse!«

Knapp fünfzig Minuten später hatten die drei ??? die angegebene Adresse erreicht, einen großen, wenig ansehnlichen Appartementkomplex am nördlichen Stadtrand von Malibu. Wolfs Wohnung befand sich im vierten Stock. Doch als sie dort klingelten, tat sich nichts. Niemand machte auf, hinter der Tür war kein Laut zu hören.

»Wollt ihr zu Roger?« Eine Tür weiter verließ eine junge Frau ihre Wohnung. Jogging-Anzug, Laufschuhe, iPod.

»Ja«, sagte Justus. »Wissen Sie, wo wir ihn finden können? Wir hatten eigentlich ausgemacht, dass wir um diese Zeit bei ihm vorbeischauen.«

»Keine Ahnung.« Die junge Frau trippelte auf der Stelle. »Aber ich habe ihn vor Kurzem mit einer neuen Freundin gesehen. Vielleicht ist er zu ihr gezogen und streicht hier bald die Segel. Ist ja nicht wirklich lauschig in diesen Kaninchenställen hier.« Sie deutete auf die schäbigen Unterkünfte, steckte sich ihre Kopfhörer in die Ohren und lief los.

»Jessi!« Bob ging los. »Die seit gestern wie vom Erdboden verschwunden ist.«

Peter schloss sich seinem Freund an. »Seit über vierundzwanzig Stunden. Ich würde sagen, wir checken jetzt noch einmal alle Orte, an denen sie sich aufhalten könnte, und rufen noch einmal bei ihr an, aber dann sollten wir eine Vermisstenanzeige aufgeben. Beziehungsweise ihr Vater.«

»Aber das kostet Unmengen Zeit! Und Wolf wird sicher nicht ewig –« Bob blieb stehen. »Just?« Er drehte sich um. »Was ist? Kommst du?«

Der Erste Detektiv stand immer noch vor der Appartementtür. »Einen Moment noch.« Justus fing wieder an, seine

Unterlippe zu kneten. »Ich denke«, sagte er zögerlich, »wir sollten unsere Suche an anderer Stelle fortsetzen. Ja, das sollten wir in der Tat tun!«

Peter schüttelte den Kopf. »Und wo woanders?«

Justus hob die Hand und streckte den Zeigefinger aus. »Kombinieren wir, Kollegen! Hinweis A: Wolf verliert einen Segelschuh. B und C:« – der Mittelfinger und der Ringfinger – »Beatrice will zu Toto und nach China. D:« – er fuhr den kleinen Finger aus – »ein Belegnagel in deinem Käfer, Bob, und E:« – Justus zeigte seinen Freunden die ganze Hand – »Mr Pomeroy hat Wolf nach dem Diebstahl von Tommys Lieblingsbärchen zum Hafen laufen sehen.« Erwartungsvoll sah er seine Freunde an. »Na?«

Peter zog die Stirn in Falten. »Also … so ungefähr verstehe ich, worauf du hinauswillst. Wir sollten zum Hafen, oder? Segelschuh, Belegnagel und dieser Pomeroy. Hat alles mit Schiffen beziehungsweise Hafen zu tun. Du denkst …«

»Dass Wolf noch eine andere Bleibe sein Eigen nennt, und zwar ein Boot oder ein Schiff!«

»Hier in Malibu! Es muss der Hafen von Malibu sein!«, verstand Bob. »Der Kindergarten ist ja hier in Malibu!«

»Davon gehe ich ebenfalls aus.«

»Ja, aber Toto und China?«, sagte Peter. »Was meinst du mit Toto und China, Just?«

»China liegt bekanntermaßen westlich von uns. Dorthin versprach Wolf Beatrice mit ihr vor den Winkie-Soldaten zu fliehen, wenn ihr euch erinnert. Und ich könnte mir sehr gut vorstellen, dass er dabei an ein Schiff oder Boot gedacht hat. Sein Boot! Nicht dass es wirklich Toto heißt, das wäre des

Zufalls zu viel. Diesen Namen hat er nur benutzt, um eine weitere Verbindung zu Beatrice herzustellen, damit sie ihm noch mehr vertraut. Und natürlich hatte er nicht wirklich vor, mit Beatrice übers Meer gen Westen zu segeln. Warum auch? Aber *er* hat davon gesprochen, es war *sein* Gedanke und in Zusammenhang mit den anderen Hinweisen scheint mir daher die Schlussfolgerung durchaus legitim, dass Roger Wolf im Hafen von Malibu –«

»Okay, Just! Wir haben's kapiert!« Peter zog seinen Freund mit sich. »Aber bis du fertig geredet hast, ist der Typ über alle Berge. Los jetzt, auf zum Hafen!«

Der Jachthafen lag im Westen von Malibu, am Lechuza Beach. Auf dem Weg dorthin versuchten die drei ??? Inspektor Cotta im Police Department von Rocky Beach zu erreichen. Mit ihm hatten sie schon in zahlreichen Fällen zusammengearbeitet, auf seine Hilfe konnten sie zählen. Meistens jedenfalls. Doch Cotta war nicht da. Außeneinsatz.

Bob lenkte den Käfer um die Kurve. »Und bis wir der Polizei hier in Malibu erklärt haben, was Sache ist, ist Wolf in China.«

Justus nickte und steckte das Handy ein. »Daher müssen wir wieder einmal improvisieren, Kollegen.«

»Wieso improvisieren?«, widersprach Peter. »Wir sind zu dritt! Ich würde sagen, wir klappern den Hafen ab, jagen den Kerl aus seinem Bau und schnappen ihn uns!«

»Im Großen und Ganzen deckt sich das mit meinem Plan. Aber im Detail würde ich vorschlagen, doch etwas subtiler vorzugehen.« Justus streckte wieder den Zeigefinger aus. »Zum einen –«

»Ohne Finger!« Peter griff nach Justus' Hand und klappte den Finger wieder ein. »Ich kann auch so bis fünf zählen. Und seit vorgestern sogar bis zwölf.«
Der Erste Detektiv knurrte ungehalten. »Zum einen wissen wir immer noch nicht, welche Rolle Jessi spielt. Vielleicht arbeitet Wolf nicht allein. Zum anderen ist der Kerl nicht zu unterschätzen.« Justus deutete auf seine Schläfe. »Ich weiß, wovon ich spreche. Dann würde ich gerne vermeiden, dass er uns vorzeitig entdeckt und übers Wasser entkommt. Und schließlich und endlich ist er im Besitz von immens wertvollen Büchern, die wir zusammen mit dem Pokal für die Jordans sicherstellen sollten.«
Peter zählte kurz nach. »Sieben Argumente. Überzeugt.« Er grinste. »Wir machen's auf deine Art. Sublim.«
»Subtil.«
»Das auch.«
Sie stellten den Käfer in der Nähe des Strandes an der Strandpromenade ab und verschafften sich zunächst einmal einen Überblick über den kleinen Hafen. Etwa sechzig kleinere und größere Segel- und Motorboote lagen an den hölzernen Piers vertäut und dümpelten sanft in der Brandung. Einige Leute waren auf ihren Booten zugange, andere schlenderten über die Holzplanken, ein paar standen ganz am Ende der Anleger und fischten. Ein Segelboot stach gerade in See.
»Ist er das?« Peter zeigte auf das weiße Boot, das eine weite Kurve zur Ausfahrt des Hafens beschrieb.
Justus hob zum Schutz gegen die Sonne die Hand vor die Augen. »Groß genug wäre der Mann am Ruder. Verflixt, ich fürchte, das könnte er –«

»Da ist er!« Bob drehte den Kopf weg und sah zu Boden. »Dreht euch um! Schnell!«
Justus und Peter reagierten augenblicklich.
»Links von uns, auf zehn Uhr. Ein etwas älteres Segelboot. Weißer Rumpf, rotes Focksegel. Wolf ist gerade aus der Kajüte raufgekommen. Ich erkenne ihn wieder.«
Peter sah vorsichtig hin. »Du hast recht. Und das Boot heißt … Poly…nesia.«
»Wie der Papagei aus Dr. Dolittle«, sagte Justus. »Wolf scheint tatsächlich eine Schwäche für Kinderliteratur zu haben. Und daher rührend vermutlich auch eine gewisse Kenntnis der Materie. Hört zu, Kollegen. Wir machen Folgendes …«
Zwei Minuten später ging der Erste Detektiv geradewegs auf die Polynesia zu. Allein. Anfangs noch möglichst unauffällig, weil er nicht ausschließen konnte, dass Wolf ihn vorhin genauer gesehen hatte als er ihn, und er den Ganoven nicht vorzeitig aufschrecken wollte. Aber kurz vor dem Schiff hob Justus den Kopf und sah herausfordernd zum Deck hinüber. Wolf war eben dabei, Lebensmittel aus Einkaufstüten in große Faltkisten umzupacken.
»Na, wo soll's denn hingehen?« Der Erste Detektiv betrat den Steg, der hinüber zum Segelboot führte.
Wolf fuhr zusammen. »Was?« Seine Augen verengten sich. Justus wusste sofort, dass Wolf ihn erkannt hatte. »Ach.« Der Mann lächelte schwammig. »'n kleiner Ausflug nur.«
Der Erste Detektiv kam noch einen Schritt näher, stand jetzt fast an Bord. »Und zu lesen haben Sie auch genug dabei?«
Wolf richtete sich auf. Sein Gesicht verhärtete sich. »Wovon

sprichst du? Was willst du überhaupt auf meinem Boot? Kennen wir uns?«

»Flüchtig. Wir haben uns vor etwa eineinhalb Stunden kennengelernt. In Ventura.« Justus deutete auf seine Schläfe. »Sie erinnern sich doch, oder?«

Roger Wolf ließ die Tomatendose in die Tüte fallen und kam langsam auf Justus zu. Sein Lächeln passte zu seinem Namen. »Für wen hältst du dich, Kleiner?« Er sah sich um, ob sie jemand beobachtete. »Den Terminator? Hast du noch nicht genug?«

Justus blieb völlig gelassen. »Ich für meine Person bevorzuge den feigen Löwen.«

Wolf schob sich die Ärmel nach hinten, ballte die Faust. »Pass auf, du machst dich jetzt sofort –«

»Und ich«, Bob sprang vom Nachbarboot an Deck und baute sich links hinter Wolf auf, »bin die Vogelscheuche!«

Wolf fuhr herum. »Was zum –«

»Und ich«, Peter schwang sich rechts über die Reling, klatschnass, »bin der Blechmann, der sicher bald zu rosten anfangen wird, nachdem er Ihr Ruder gerade blockiert hat!« Der Zweite Detektiv grinste breit.

Wolf verstummte. Mit blitzenden, hasserfüllten Augen musterte er die drei Detektive.

»Geben Sie auf, Mr Wolf! Sie kommen hier nicht weg und wir lassen Sie nicht aus den Augen, bis die Polizei hier ist. Bob!« Justus nickte dem dritten Detektiv zu. »Du kannst jetzt Verstärkung rufen.«

Bob holte das Handy aus seiner Jacke und wählte. Die Situation war unter Kontrolle, und wenn Cotta immer noch

nicht da war, würde er die Polizei von Malibu zum Hafen bitten. Der Rest ergab sich dann sicher auf dem Revier.
Wolf schien nicht sonderlich beeindruckt. »Soll ich mich vielleicht noch selbst fesseln, während wir warten?«, fragte er verächtlich. Er machte einen Schritt zur Seite, Richtung Kajütenwand, und deutete auf ein Seil am Boden.
»Keine schlechte Idee.« Peter umrundete Wolf in gebührendem Abstand. »Sagen Sie, wo ist eigentlich Ihre Freundin Jessi? Wollten Sie die irgendwo unterwegs aufgabeln oder wartet die schon –«
»Nicht!«, schrie Justus. Aber es war zu spät.
Wolf hatte sich blitzschnell gebückt, riss eine Metallkiste auf und stand plötzlich mit einer Leuchtpistole vor ihnen.
»Handy weg! Sofort!«, donnerte er Bob an.
Der dritte Detektiv ließ das Telefon ganz langsam sinken. Er hatte eben aufgelegt. Cotta war noch außer Haus.
»So, ihr Nervtöter!« Wolf lachte hässlich. »Ihr seid ja schlimmer als Kaugummi unterm Schuh! Runter da!« Er wedelte mit der Waffe Richtung Kajüte. »Und keinen Mucks! Beim ersten Piep verwandelt sich einer von euch in ein rot leuchtendes Feuerwerk! Ich mache keine Witze!«
Die drei ??? hatten keinen Grund, daran zu zweifeln. Stimme, Gesicht, Gestik – dieser Mann meinte es ernst! Und niemand auf dem Pier hatte mitbekommen, was auf der Polynesia in den letzten Sekunden passiert war. Stumm und mit hängenden Köpfen bewegten sich die drei Jungen auf die Treppe zu, die hinunter zur Kajüte führte.
»Los jetzt, ein bisschen schneller!«, bellte Wolf.
»Was … was haben Sie vor?«, fragte Peter zaghaft.

Der Gauner gab sich unentschlossen. »Mal sehen. Aber ich könnte mir vorstellen, den Haien da draußen mal einen ganz besonderen Leckerbissen zu präsentieren. Was meint ihr?«

Der Zweite Detektiv schluckte. Mit weichen Knien betrat er als Erster die Treppe. Wie sollten sie hier nur wieder rauskommen? Wie? Verdammt! Und niemand wusste, dass sie auf diesem Boot waren!

Peter stieß die Tür auf. Und stutzte. Staunte. Verstand eine Sekunde später und trat ein wenig zur Seite.

Bob trat nach ihm ein. Stutzte ebenfalls. Staunte ebenfalls. Und trat dann ebenfalls zur Seite. Ob das klappte? Das war nahezu … unmöglich. Artistisch geradezu.

Justus war der Letzte. Er wurde gleich von Bob unauffällig zur Seite gezogen und stutzte und staunte erst danach. Was hatte … das war doch … unmöglich … und doch ihre einzige Chance! Ihre letzte Chance!

»So, ihr Landeier!« Wolf schritt durch die Tür. »Einer von euch macht jetzt das Ruder wieder flott und dann wollen wir mal alle in See stechen! Ahoi! Habt ihr euch übrigens schon bekannt –«

Weiter kam der Mann nicht mehr. Staunend registrierte er zusammen mit den drei Detektiven, dass ein großer Kochtopf quer durch die Kajüte segelte. Direkt auf ihn zu. Mit Kurs auf seinen Kopf. Und kurz bevor das eiserne Kochgeschirr auf seinem Schädel einschlug, sagte sein Blick noch: »Das ist doch unmöglich! Das geht doch gar nicht!«

Aber er irrte sich. Es ging.

Und was es sonst noch so im Zoo gibt

Am nächsten Tag hatten die Los Angeles Strikers ein Vorbereitungsspiel gegen eine Schulauswahl aus dem Großraum Los Angeles. Natürlich gegen eine Auswahl Jungen. Eine Damenmannschaft, die es mit den Strikers aufnehmen konnte, fand sich weit und breit nicht und das Spiel sollte ja ein echter Test für das anstehende Mehrländerturnier sein.
Die drei ??? waren am Abend zuvor noch zu den Jordans gefahren, um ihnen von den dramatischen Ereignissen am Hafen von Malibu zu berichten. Aber Sydney hatte bereits einen Anruf von Jessi erhalten und war unterwegs zu ihr ins Krankenhaus, ihre Mutter saß mit ihrem Chef und zwei Kunden bei einem Geschäftsessen und würde, so Sydneys Vater, sicher nicht vor Mitternacht nach Hause kommen. Deswegen hatte man das Treffen auf heute und ins Stadion verlegt. Sydney wusste ohnehin schon über alles Bescheid. Nur ihrer Mutter war noch nicht alles klar.
»Lahme Ente!«
Und den drei ??? war nicht klar gewesen, dass Beatrice auch mitkommen würde. Hin und wieder, so hatte ihnen Claire erzählt, würden sie sie mitnehmen, weil Beatrice Fußball immer noch über alles liebte.
»Jede Schnecke ist schneller!« In den vergangenen Minuten hatte das Spiel sie zusehends aufgeregt.
Claire legte ihrer Tante beruhigend die Hand auf den Arm. »Ist ja gut, Tante Bee.«

»Blindschleiche!«, rief Beatrice und schüttelte die Faust. »Das war kein Foul, das war eine Schwalbe! Hat doch jeder gesehen! Schnepfe!«
»Tante Bee! Die Schiedsrichterin gibt sicher ihr Bestes.« Claire hielt Beatrice die Tüte mit dem Popcorn hin. »Willst du?«
Missmutig griff Beatrice in die Tüte und stopfte sich die weißen Krümel in den Mund.
Claire wandte sich wieder den Jungen zu. »Also, wo waren wir stehen geblieben?«
»Der Kochtopf«, sagte Peter. »Jessis Kunstschuss.«
»Ah ja!« Claire schüttelte ungläubig den Kopf. »Phänomenal! Mit gefesselten Händen und Füßen! Quer durch die Kajüte und diesem Fiesling genau an den Kopf!«
Bob musste immer noch grinsen, wenn er an die Szene dachte. »Es machte richtig ›Klong!‹ und Wolf sackte wie vom Blitz getroffen zu Boden. Dieser Schuss war wirklich einmalig! Auch für eine Profi-Fußballerin.«
Unten auf dem Rasen schossen die Strikers das 2 : 1. Beatrice sprang auf und jubelte laut. »Tor! Tor! Dem Spatzenhirn im Kasten genau durch die Beine! Tor!«
Justus sah hinunter zum Spielfeld. Das *Spatzenhirn* mit der Nummer eins holte eben den Ball aus dem Netz.
»Aber warum hat Wolf das überhaupt alles gemacht? Erpressung, Einbruch, Kidnapping?«, fragte Claire und zog Beatrice wieder auf den Sitz. »Er hätte doch auch nach Rochester fahren können, um den Pokal zu sehen? Oder meinetwegen zu stehlen.«
Justus schüttelte den Kopf. »Hätte er nicht. Wie wir gestern

erfahren haben, saß Wolf bis vor drei Monaten wegen Einbruchs im Gefängnis und war nur auf Bewährung und unter der strikten Auflage frei, Kalifornien nicht zu verlassen.«
»Verstehe. Und warum hat er ausgerechnet im Pflegeheim gearbeitet?«
»Vermutlich brauchte er Geld und das Pflegeheim nimmt an einem Programm teil, das ehemaligen Häftlingen die Resozialisierung erleichtern soll. Daher gaben sie ihm auf Vermittlung seines Bewährungshelfers den Job.«
»Dabei wirkte er so nett und hatte so einen guten Draht zu Beatrice«, sagte Claire enttäuscht. »Aber man kann in die Menschen einfach nicht hineinsehen.«
Peter sog an seiner Cola. »Er hat sich also an Jessi rangemacht, um über sie an den Pokal zu kommen.«
»Was aber nicht funktionierte, weil van Halen das Ding gleich nach dem Spiel in seine Vitrine gesperrt hat«, sagte Bob.
»Trotzdem«, knurrte Justus. »Mit Ruhm haben wir uns in diesem Fall wahrlich nicht bekleckert. Bisweilen haben wir uns sogar ausgesprochen dämlich angestellt!«
Beatrice fuhr herum und zeigte mit dem Finger auf ihn. »Hornochse!«
»Tante Beatrice!«
Justus winkte ab. »Nein, Claire, sie hat recht! Genau das waren wir. Hornochsen. Zum einen hätten wir schon viel früher die Möglichkeit ins Auge fassen müssen, dass Wolf Jessi gegen ihren Willen festhält. Als er gemerkt hat, dass wir ihm auf den Fersen sind und die Gefahr bestand, dass Jessi seine Identität preisgibt, hat er sie einfach gekidnappt. Und zum

anderen hätte uns das mit der Leuchtpistole nicht passieren dürfen! Da waren wir viel zu leichtsinnig!«
»Ich finde, ihr habt das prima gemacht. Ihr habt nicht nur diesen widerlichen Kerl geschnappt, sondern auch den Pokal und die Bücher heil zurückgebracht. Und das alles auf eine Art und Weise, vor der ich nur den Hut ziehen kann.«
»Ach was!«
»Doch, doch! Ich meine, was hattet ihr schon an Hinweisen?«
Peter musste schmunzeln. »Einen Stall voller Tiere.«
Claire nickte. »So ungefähr. Ihr habt ein Geheimnis gelüftet, von dem niemand mehr wusste, indem ihr ein Rätsel gelöst habt, das drei kleine Mädchen vor über siebzig Jahren hinterlassen haben. Sogar das mit den Bienen habt ihr herausgefunden, obwohl ihr Beatrice' Vase gar nicht kanntet. Das war einfach nur klasse.«
»Angreifen!«, rief Beatrice. »Greif ihn an, du Kamel!«
Die drei ??? blickten auf den Rasen. Die Jungen hatten sich bis vor den Sechzehner kombiniert. Ihr Mittelfeldstratege suchte nach einer Anspielmöglichkeit. Und bevor ihn Rosanna May tackeln konnte, schob er den Ball zwischen zwei Verteidigerinnen seinem Mittelstürmer zu.
»Nein!« Beatrice sprang auf.
»Sieht übel aus«, meinte Peter noch.
Der Mittelstürmer fackelte nicht lange. Noch in der Drehung zog er ab und jagte das Leder unhaltbar unter die Latte. 2:2.
»Donner und Doria!«, schimpfte Beatrice. »Diese Nebelkrähe muss doch nur die Arme hochreißen, dann hat sie den Ball! Schläft die?«

Claire stand ebenfalls auf. »Komm mit, Tante Bee, wir beide kaufen uns jetzt was zu trinken, hm?« Sie signalisierte den Jungen mit unmissverständlichen Blicken, dass es besser war, wenn sie Tante Beatrice ein wenig Abwechslung verschaffte, und schob sich dann mit ihr durch die Sitzreihe.
»Die alte Dame ist nicht leicht zu bändigen.« Bob sah den beiden hinterher und setzte dann ernster hinzu: »Wollen wir hoffen, dass es noch lange so bleibt.«
Justus und Peter nickten. Beide wussten genau, was ihr Freund meinte.
»Ach, fällt mir gerade ein«, sagte der Erste Detektiv. »Salma hat heute Morgen angerufen.«
»Salma?« Peter sah weiterhin auf das Spielfeld. Die Strikers hatten in der gegnerischen Hälfte den Ball verloren und liefen jetzt Gefahr, sich einen Konter einzufangen. »Und was wollte sie?«
»Sie entschuldigte sich erst wegen vorgestern Abend. Meinte, ihr würde das Ganze einfach so sehr zusetzen, und bat dann darum, dass wir den Fall wieder aufnehmen.«
»Wirklich?«, fragte Bob erstaunt. »Dann war sie ja sicher froh zu hören, dass es keinen Fall mehr gibt.«
Justus nickte. »Mehr als das. Ich konnte richtig hören, wie ihr tonnenweise Steine vom Herzen fielen, als ich ihr erzählt habe, was gestern passiert ist. Sie hat sich vielmals bedankt und lässt schöne Grüße an euch ausrichten.«
»Danke«, sagte Bob. »Bin gespannt, ob die das Finale nachholen, wenn bekannt wird, dass Wolf Salma erpresst hat. Wobei ich das eher für unwahrscheinlich –«
»Toll abgefangen, super Grätsche!«, rief Peter in diesem Mo-

ment und ballte die Faust. »Und – wow! Habt ihr den Pass gesehen?« Der Zweite Detektiv sprang auf.
Bob wandte sich ebenfalls dem Spiel zu. Die Strikers waren wieder am Zug und starteten einen Angriff. Justus sah auf die Uhr. Noch ein paar Minuten, dann hatte er es überstanden.
»Ja! Genialer Trick, Sydney!« Peter ballte auch die zweite Faust und fing an zu hüpfen. »Der eine noch, lass ihn aussteigen … ja! Und jetzt abziehen! Schieß, Sydney!«
Sydney tat wie geheißen und versenkte den Ball mit einem satten Linksschuss in der rechten unteren Ecke.
»Tor!«, jubelte Peter. »Tor! Und das kurz vor Schluss! Das muss der Sieg sein! Wir gewinnen!«
»Stark gemacht!«, fand auch Bob.
Justus seufzte vernehmlich. »Wisst ihr, in Momenten wie diesen fühle ich mich echt einsam.«
Peter lachte und hielt seinem Freund die Hand ihn. »Komm schon! Schlag ein, Erster! Gimme five!«
»Peter! Bitte!«
»Los, Chubby Jack, mach schon!«
Justus klatschte Peters Hand müde ab. »Bitte sehr.«
»Und jetzt alle zusammen!«, sagte Peter.
Justus sah ihn verständnislos an. »Wovon sprichst du?«
Der Zweite Detektiv zwinkerte seinem Freund zu und rief dann laut: »Hey, Jupebo, hey!«